W0023031

Zu diesem Buch

Der bekannte Zeichner, Feuilletonist und «Sachbearbeiter für groben Unfug» lädt hier zu einer flotten, abwechslungsreichen Rundfahrt durch Zentren der modernen Touristik ein: Salzburger Festspiele, Londoner Klubleben, Paris bei Nacht, FKK in Kampen, mit Frau Meier in die Wüste – der Leser kann sicher sein, daß er auf dieser Vergnügungsreise genug amüsanten Aspekten der angesteuerten Orte und ihrer Besucher begegnen wird. Was Manfred Schmidt zu berichten hat, steht garantiert in keinem Reiseführer. Witzig und gutgelaunt, keß und spöttisch gibt er mit spitzer Feder und flottem Karikaturistenstift zu Protokoll, was er aufgestöbert hat. Das ist nicht immer Reklame-geeignet, aber in jedem Fall originell, ironisch und charmant. Der Verfasser sagt von seiner Arbeit: «Meine Berichte sind keinesfalls objektiv, sondern ganz und gar subjektiv. Mangels Phantasie kann ich nur beschreiben, was ich selber gesehen und gehört habe ...»

Manfred Schmidt, geboren 1913, wuchs in Bremen auf, wo er auch das Abitur ablegte. Nach einem Jahr Kunstgewerbeschule versucht er in Berlin Filmregisseur zu werden. Als daraus nichts wird, findet er Arbeit als Karikaturist bei Ullstein (BZ, Berliner Morgenpost, Berliner Illustrirte). Im Krieg, aus dem er undekoriert zurückkehrt, bringt er es bis zum Obergefreiten. Nach dem Krieg zuerst in Rowohlts «Pinguin»-Redaktion, dann bei «Quick»: sieben Jahre Nick Knatterton, danach Reisereporter. Er ist verheiratet, hat zwei Kinder, die Familie hat nichts zu lachen, denn – so wörtlich seine Frau –: «Humor haben wir nie im Hause, den müssen wir immer gleich verkaufen!» Publikationen: «Für die Nerven – Amsterdam», 1961; «Hab' Sonne im Koffer», 1962; «... und begibt sich weiter fort», 1962; «12 mal hin und zurück», 1963; «Zwischen Dur und Müll», 1964; «Weiteres Heiteres», 1965, alle beim Stalling Verlag, Oldenburg. Als rororo-Taschenbuch Nr. 1081 liegt außerdem vor: «Frau Meier reist weiter. Eine neue Auswahl verschmidtster Reportagen».

Manfred Schmidt

Mit Frau Meier in die Wüste

Eine Auswahl verschmidtster Reportagen

Rowohlt

Die Erzählungen dieser Taschenbuchausgabe wurden den im Stalling Verlag erschienenen Bänden «Hab' Sonne im Koffer», «...und begibt sich weiter fort», «12 mal hin und zurück» und «Zwischen Dur und Müll» entnommen. Umschlagentwurf Werner Rebhuhn unter Verwendung einer Zeichnung des Autors

1.– 30. Tausend	Januar 1967
31.– 45. Tausend	April 1967
46.– 60. Tausend	August 1967
61.– 85. Tausend	November 1967
86.–100. Tausend	März 1968
111.–135. Tausend	September 1968
136.–160. Tausend	Dezember 1968
161.–180. Tausend	April 1969
181.–205. Tausend	August 1969
206.–230. Tausend	Januar 1970
231.–245. Tausend	April 1970
246.–275. Tausend	August 1970
276.–305. Tausend	Mai 1971
306.–350. Tausend	Dezember 1971

Veröffentlicht im Rowohlt Taschenbuch Verlag GmbH,
Reinbek bei Hamburg, Januar 1967, mit freundlicher Genehmigung
der Gerhard Stalling AG, Oldenburg
Gesetzt aus der Linotype-Aldus-Buchschrift
und der Palatino (D. Stempel AG)
Gesamtherstellung Clausen & Bosse, Leck/Schleswig
Printed in Germany
ISBN 3 499 10907 7

Venedig fest in deutscher Hand

In München steht ein Hofbräuhaus, und dicht dahinter liegt Venedig. So scheint jedenfalls die Geographie in den Köpfen der nördlich des Mains wohnenden Bundesbürger auszusehen. Der als besonders schaffensdurstig bekannte Deutsche schafft die Strecke München–Venedig und zurück, inklusive Besichtigungen, Postkartenschreiben und Andenkenkauf, spielend (mit dem Leben) in zwei Tagen. Völlig geschafft sitzt er dann am Montagmorgen mit verglasten Augen im Büro, im Geiste immer noch durch die Alpen kurvend.

Freunden aus dem Norden zuliebe habe ich an so einem «Wochenend-Kreuzfahrer-Gedächtnisrennen Venedig und zurück» teilgenommen. Diesen Namen müßte man dem für alle Führerscheine und Hubräume offenen Straßenrennen geben, das an jedem Wochenende im süddeutschen Raum startet. Die Rennstrecke folgt nämlich genau den Spuren jener Kreuzfahrer, die vor mehreren hundert Jahren auszogen und von den Venezianern finanziell bis aufs Hemd ausgezogen wurden, bevor sie zu Schiff die Weiterfahrt ins Heilige Land antreten konnten.

Eine alte Chronik berichtet, daß sich im Jahre 1096 im Gebiet der heutigen Bundesrepublik siebentausend Menschen zu einer Kreuzfahrt zusammenschlossen, von der nur etwa zweitausend Überlebende den Weg in die Heimat zurückfanden. Dieser ziemlich starke Transportschwund von 65 Prozent hat sich inzwischen bedeutend verringert, ein Beweis für die trotz Vollmotorisierung zunehmende Verkehrssicherheit. Hundertprozentig konstant geblieben ist nur das Ausnehmen der Fremden durch die Venezianer.

Wenn man am Samstag früh vor Tau und Tag aufbricht, ist nur wenig Verkehr, und man kommt schnell vorwärts. Diese Ansicht scheint weitverbreitet zu sein, denn als ich um 6 Uhr auf die Strecke ging, waren bereits lange Kolonnen unausgeschlafener und schlecht gefrühstückt habender Italienfahrer unterwegs. (Die am Steuer sitzenden Familienvorstände pflegen den Mitfahrern den Morgenkaffee zu verbieten, da jedes Anhalten drei bis vier Stundenkilometer kostet.) Außerdem hat sich in jedem Fahrergehirn der beunruhigende Gedanke festgesetzt, daß der vor ihm «liegende» Wagen den letzten freien Parkplatz und das letzte freie Hotelzimmer in Venedig wegschnappen könnte. Deshalb wurde überholt, koste es, wen es wolle. Auch in den unübersichtlichsten Bergkurven, denn keiner konnte sich vorstellen, daß irgend jemand an einem solchen Wochenende in entgegengesetzter Richtung und nicht nach Venedig fuhr. (Auf der Rückfahrt war es genau umgekehrt: Da konnte man sich nicht vorstellen, daß noch irgend jemand *nach* Venedig fuhr.)

Die Grenzkontrolle in Mittenwald sorgte mit unheimlicher Präzision dafür, daß alle fünf Sekunden ein Wagen auf die Strecke ging. Einen anderen Sinn konnte die Kontrolle nicht haben.

Einige Kilometer weiter las ich am Zirler Berg das meines Wissens in Europa einzige offizielle Verkehrszeichen mit der Aufschrift «Auf 3 km Geruchsbelästigung!» Das rätselhafte Schild sorgte für Gesprächsstoff bis Innsbruck. Dort hatte ich das große Glück, für einen Moment im Rückspiegel das berühmte «Goldene Dachl» zu sehen. Das Halteverbot enthebt den Autoreisenden vieler zeitraubender Sehenswürdigkeiten.

Das Schild «Brenner 24 km» fuhr allen Fahrern ins gasgebende Bein. Das Tempo wurde immer schärfer. Schuld daran war wohl das vielverbreitete Gerücht, daß die Tage Venedigs wegen der ständig an den Fundamenten nagenden Wellen gezählt seien.

Vielleicht ist es etwas übertrieben, wenn ich behaupte, daß die Geschwindigkeit der Autokolonne auf den letzten fünfzig Kilometern vor Venedig von dem Tempo bestimmt wird, mit dem die bereits auf der Lagune angekommenen Wagen Parkplätze finden.

Venedig hat den großen Nachteil, daß man mit seinem Wagen nicht an Hotels und Restaurants vorfahren kann. Auch als Deutscher muß man das Liebste, was man hat, vor der Stadt lassen. Geltungstriebhafte Bundesbürger wahren aber ihr Gesicht, indem sie in der Hotelhalle und überall, wo genügend Publikum vorhanden ist, mit raumfüllender Stimme ihrer Begleitung zurufen: «Tapfer marschiert, unser neuer 220 S!» Dann weiß jeder im Umkreis von zwanzig Metern: Dieser Mann stellt etwas vor.

Wenn man für das Auto einen Parkplatz gefunden hat und, dicht gedrängt auf einem Motorschiff stehend, in den Canal Grande einbiegt, wird man von den vielen Fotomotiven überwältigt. Wem es da nicht den Sucher vors Auge reißt, der ist für die Foto-Industrie verloren. Von den Touristen-Sturmbooten werden pausenlos ganze Breitseiten von Schnappschüssen abgegeben. An einem schönen Wochenende wird nach vorsichtigen Schätzungen allein die Rialto-Brücke täglich zirka dreißigtausendmal durch die Linsen gejagt. Der in unserer Zeit so besonders hochentwickelte Sinn für Eigentum und Besitz verlangt, daß jeder dasselbe Bild, das überall als Postkarte für zwanzig Pfennige zu haben ist, auf dem eigenen Film hat.

Über die Hotelsuche will ich kein Wort verlieren. Jeder wird untergebracht. Wenn die Hotels ausverkauft sind, vermitteln die Portiers sogenannte «Privatbetten». Diese Wortschöpfung widerlegt die gängige Auffassung, daß ein Bett immer etwas Privates sein sollte.

Nach Abstellen der Koffer gibt es nur noch ein Ziel: Den Markusplatz. Vor Einbruch der Dämmerung will noch jeder verantwortungsbewußte Foto-Amateur das berühmte Taubenfüttern auf den Film bannen. Allen Schlitzverschlußbetätigern schwebt dabei das so oft gesehene

In Venedig reiht sich ein schönes Fotomotiv ans andere. Die hier zum erstenmal gezeigte «Bereitschaftsmütze» ermöglicht pausenloses Fotografieren während jeder Art von Tätigkeit. Der Auslöser wird durch Zusammendrücken eines im Munde befindlichen Gummiballons betätigt. Die Hände bleiben für andere Verrichtungen frei.

Bild vor: Die Tauben umflattern in Scharen den Gast aus dem Norden, setzen sich auf Hände, Kopf und Schultern und picken gierig die angebotenen Maiskörner!

Denkste!

Nachmittags sind die Tauben durch die morgendliche Überfütterung bummvoll und schleifen apathisch knickebeinig ihre Hängebäuche über das Pflaster, keinesfalls gewillt, wegen eines Maiskorns auch nur den Kopf zu drehen. Sie sehen gar nicht mehr wie Tauben aus, sondern ähneln kahlköpfigen Legehennen. Dabei tragen sie den Gesichtsausdruck erfolgreicher Wirtschaftskapitäne zur Schau.

Erst am nächsten Vormittag werden die lieben Tierchen wieder munter. Der Mais des Vortages liegt dann, zu grauweißer Paste verarbeitet, auf den Simsen der Paläste und auf den Schultern oder Hüten der Fremden. Neuer Mais liegt in großen Mengen und in kleinen Tüten verpackt an den Ständen der konzessionierten Taubenfutterhändler bereit, um den Frühstückshunger der Tauben und das Fütterungsbedürfnis der fotografierwütigen Fremden zu stillen. Für 100 Lire bekommt man 25 Gramm Maiskörner. Nach meinen vorsichtigen Schätzungen wird täglich mindestens ein Doppelzentner Mais in solchen Kleinstportionen auf dem Markusplatz verfüttert. Der auf diese Art an den Mann bzw. an die

Taube gebrachte Doppelzentner bringt demnach 400 000 Lire ein, also etwa 2600 Deutsche Mark. Der Doppelzentner Mais kostet den Händler 30 DM. Bei solcher Gewinnspanne muß jedem preisgebundenen deutschen Einzelhändler das Herz höher schlagen. Wenn mich mein Auge nicht täuschte, sah ich abends einen Taubenfutterkaufmann im schnittigen Motorboot zu seinem Palazzo fahren.

Nach der Taubenfütterung kann man etwaigen Kulturhunger durch Schnellbesichtigung des Dogenpalastes stillen. Diese Besichtigung erzeugt durch die vielen Deckengemälde ein schmerzhaftes Gefühl im Nakken, das durch einen anschließenden Besuch der niedrigen Gefängnisgewölbe wieder behoben wird.

Den Rest des Nachmittags verbringen die Venedig-Kurz-Besucher in den Eisdielen und Cafés, um endlich einmal in Ruhe über die Zustände im heimischen Geschäft sprechen zu können. Diese Gespräche werden allerdings sehr häufig unterbrochen von dem Aufschrei: «Seht mal, ist das nicht . . .?» Und dann folgt der Name irgendeines Bekannten.

Meistens ist er es nicht, aber oft ist er es tatsächlich. Dann ist des Lachens und Staunens kein Ende. An allen Ecken Venedigs hört man immer wieder die rhetorischste aller Fragen: «Sind Sie auch hier!?» Teils freut man sich darüber, daß andere sehen, daß man in Venedig ist, teils ist es aber auch eine Wertminderung des eigenen kostspieligen Aufenthaltes, wenn Bekannte ebenfalls da sind.

Am späten Nachmittag ist der Markusplatz fest in deutscher Hand. Einzelne alliierte Stoßtrupps versuchen hin und wieder, sich in einer Ecke des Platzes festzusetzen, ergreifen aber sehr bald die Flucht. Die Amerikaner ziehen sich in «Harry's Bar» zurück, wo sie bei Whisky und Gin garantiert unter sich sind. Die Franzosen kämmen systematisch alle Gassen durch, um die ausgehängten Speisekarten zu studieren. Und die Engländer gehen zum Teetrinken in die Grand Hotels. Nur deutsch sprechende Italiener halten die Stellung und bieten an: Postkarten, Uhren, Schmuck, Spitzendeckchen und Dienstleistungen aller Art.

Ich hatte das große Glück, eine echte Schweizer Uhr angeboten zu bekommen. Obgleich ich den Trick kannte, habe ich den Händler nicht abgewiesen, sondern mir die ganze «Nummer» vorspielen lassen. Der Trick ist uralt und fordert jedes Jahr neue Opfer. Deshalb will ich ihn für diejenigen Leser, die ihn noch nicht kennen und trotz dieses Berichts an einem Wochenende nach Venedig fahren wollen, noch einmal beschreiben:

Der Händler bietet dem Fremden diskret flüsternd den Gelegenheitskauf an: Eine Schweizer Qualitätsuhr für ganze 90 Mark! Der kann sich nicht entschließen. Da tritt ein durch umgehängte Kameras, Buschhemd und kurze Hosen deutlich als harmloser Tourist gekennzeichneter Herr hinzu, schiebt den Händler beiseite und warnt das Opfer: «Kaufen Sie die Uhr nicht! Das ist der reine Schund! Alles Betrüger! Sehnsiemal . . .»

Die braven Tauben auf dem Markusplatz überfressen sich täglich im Dienste des Fremdenverkehrs und der Foto-Industrie. Am späten Nachmittag sind sie nicht mehr zu bewegen, weitere Körner zu sich zu nehmen.

Er nimmt dem böse blickenden Händler die Uhr aus der Hand.

«... ich bin nämlich Fachmann ...»

Er öffnet die Uhr mit geschicktem Griff, seine Augen weiten sich –

«... Moment mal ... das ist ja kaum zu glauben ... *diese* Uhr ist echt, mindestens 600 DM wert! Was will der Strolch dafür haben?»

Der «Strolch» säuselt verlegen: «Hundert Mark!»

Der «Tourist», sich an den Kopf fassend: «Das ist ja geschenkt! Hätte ich doch nur das Geld bei mir! Kaufen Sie! Die Uhr werden Sie jederzeit für 400 DM wieder los!»

Wer nicht weiß, daß der Uhrenhändler und der angebliche Tourist und Uhrenfachmann vorbildliche Team-Arbeit leisten, fällt darauf rein. Die Uhr ist höchstens 30 DM wert, die Idee des Tricks aber bedeutend mehr.

Der Leser wird fragen, warum ich nicht die Polizei gerufen habe, wenn ich den Trick kannte. Das wäre sinnlos gewesen, denn für diese Fälle hat der Händler stets eine echte Schweizer Uhr im Werte von 600 DM bei sich.

Wer die Uhr nichts ahnend kauft, ist den ganzen Abend fröhlich über das gute Geschäft. Und damit wären wir bei der auffälligsten Erscheinung der hereinbrechenden venezianischen Nacht:

Der lautstarken, ungehemmten, karnevalsmäßigen Fröhlichkeit der Gäste aus dem Norden, diesen aufs höchste zivilisierten Nachkommen der vor fast tausend Jahren in Italien eingedrungenen Barbaren.

Wuerstel!
Gulasch!

In Venedig gibt es keinen Autolärm und kein Mopedknattern. Die ganze Stadt ist voll Musik.

Karneval in Venedig!

Er findet den ganzen Sommer statt. Alle Fremden kaufen sich Hüte, die sie sonst nur im Fasching tragen würden. Eine Nacht in Venedig – albtraumgewordene Wirklichkeit!

In den Kanälen drängen sich die dichtbesetzten Gondeln. Venedig hat den Canal Grande noch lange nicht voll. Auch wenn große Reisegesellschaften ein Dutzend Gondeln mieten, eine fünf Mann starke Kapelle auf die Boote verteilen und als geschlossene Armada alles niederwalzen, was sich ihnen entgegenstellt.

Vom Chiantiwein beflügelt, hält sich jede Germanin für eine Callas, und jeder Teutone eifert Mario Lanza nach. Großflächenlautsprecher jagen die neuesten Schlager mit einem akustischen Druck von 95 Phon in die venezianische Nacht. Alle fröhlichen Trinker in den Lokalen, alle Straßenpassanten und alle Gondolieri mit ihren Fahrgästen fallen ein, und es ist ein Wunder, daß nicht auch die Brücken und Paläste dasselbe tun. Ich glaube, die Gefahr einer Zerstörung Venedigs durch Schallwellen ist weitaus größer als die so oft zitierte Gefahr einer Unterspülung durch Motorbootwellen. Doch es gibt noch eine dritte Gefahr: Die Erschütterung der Fundamente durch deutsche Skatspieler, die mit geradezu südländischer Leidenschaft ihre Karten auf den Tisch knallen. Viele Besucher Venedigs huldigen abends, wenn das Licht zum Fotografieren nicht mehr ausreicht, diesem schönen Spiel.

Unter den ständigen Hinweisen der fürsorglichen Gattinnen: «Trink nicht soviel, morgen mußt du über fünfhundert Kilometer fahren!» wird eine enorme Bettschwere erreicht. Bevor die festlich illuminierten Gäste von jenseits der Alpen unter Absingen des Liedes «In der Heimat, in der Heimat, da gibt's ein Wiedersehn» in die Quartiere marschieren, versichern die Kellner beim Überreichen der Rechnung immer wieder, daß die Deutschen *«molto simpatico»*, also sehr sympathisch seien. Diese Feststellung erübrigt erfahrungsgemäß das Herausgeben von Kleingeld.

Am Sonntagmorgen werden noch die allernötigsten Andenkenkäufe getätigt. Viele entschließen sich sogar zum Ankauf eines Venedig-Buches, in dem man später zu Hause in aller Ruhe nachsehen kann, was man nicht gesehen hat.

Gegen Mittag geht dann das große Kreuzfahrer-Gedächtnis-Rennen in umgekehrter Richtung ab.

Die ersten deutschen Uniformen in Mittenwald geben nationalgesinnten Heimkehrern das Gefühl der Sicherheit zurück, das ihnen jenseits der Grenzen hin und wieder fehlte, wenn sie es auch nach außen nicht zeigten.

Abschließend möchte ich sagen: Ein Wochenende in Venedig ist nur mit dem Münchner Oktoberfest zu vergleichen. Ein größeres Lob kann es wohl kaum geben.

Mit Frau Meier in die Wüste

Tunesien ist ein fortschrittliches Staatswesen. Das merkte ich bereits auf dem Schiff, das Neapel mit Nordafrika verbindet: Ein tunesischer Passagier in schneeweißem Burnus verlangte vom Steward eine Spesenquittung mit Stempel und Datum für die Steuer.

Als der Dampfer frühmorgens im Hafen von Tunis anlegte, kamen zunächst, wie in allen Häfen der Welt, die amtlichen Ordnungshüter an Bord, um nach uralten Riten die Paßkontrolle vorzunehmen. Die Herren trugen tadellose Maßanzüge oder sehr elegante Uniformen. Sie etablierten sich im Speisesaal an einem langen Tisch, auf dem die Pässe sämtlicher Fahrgäste sauber aufgestapelt lagen. Durchglüht von dem amtlichen Irrglauben, daß böse Menschen an schlechten Pässen zu erkennen sind, machten sie sich an ihre verantwortungsvolle Arbeit.

Ein italienischer Steward rief die Namen der Passagiere auf, deren Paß dran war. Es waren viele fremdländische darunter. Sogar eine thailändische Prinzessin schien an Bord zu sein: Immer wieder rief der Steward den seltsamen Namen «Skimidit», der fast so schön wie «Sirikit» klang und eine dufte Blume des Orients vermuten ließ. Leider meldete die Prinzessin sich nicht, wahrscheinlich wollte sie dem Zollbeamten eine Privataudienz in ihrer Luxuskabine gewähren.

Als alle Passagiere (bis auf mich) abgefertigt waren, rief der Steward noch einmal «Skimidit!» Da erkannte ich in seiner Hand meinen Paß. Im Italienischen wird «Sch» wie «Sk» ausgesprochen, und die vielen Konsonanten in «Schmidt» konnte der brave Italiener nur durch «i»-Einschieben bewältigen.

An der Gangway überreichte mir eine wunderschöne Orientalin in einem sehr schicken marineblauen Schneiderkostüm einen amtlichen Prospekt des tunesischen Verkehrsbüros. Mit diesem Fremdenführer in der Tasche ging ich durch die Zollhalle, wies den Kofferinhalt vor und gelangte auf die Straße. Weit und breit kein Taxi. Im Schatten aufgestapelter Dattelkisten setzte ich mich auf meinen Koffer, wartete und blätterte im Führer. Auf der ersten Seite stand:

«So schwierig es manchmal sein kann, den Reiz, der von einem jungen Mädchen ausgeht, in Worte zu fassen, so schwierig ist es, den Zauber Tunesiens zu schildern.»

War dieser blumige Satz als Warnung an herumreisende Reporter zu verstehen? Im Moment war ich nur für die Reize eines Taxameters ansprechbar.

Ein Wasserhändler kam die sonnendurchglühte Straße entlang. Er sah genauso aus wie die Wasserträger in amerikanischen Bibelverfilmungen und trug seine Ware in einer aufgeblasenen ehemaligen Ziege an einem Strick über der Schulter. Am einen Ende der Ziege war ein Messinghahn befestigt, aus dem das wertvolle Naß in einen verbeulten Blechbecher lief. Der bärtige Alte hielt mir den Becher hin, doch von Europens Bakterienfurcht angekränkelt, wich ich zurück. Da kam die schicke Dame wieder vorbei, die mir vorhin den Prospekt überreicht hatte. Sie nahm den Becher, setzte ihn an ihre im schönsten Pariser Rouge leuchtenden Lippen, trank, zahlte und ging. Nun konnte ich dem Wasserhändler natürlich nicht mehr nein sagen. Obgleich der Verdacht nicht von der Hand zu weisen ist, daß die Dame den Becher im Dienste der Fremdenverkehrswerbung leerte.

Auf die Frage, wann man hier draußen am Hafen mit der Vorbeifahrt eines Taxis rechnen könnte, antwortete die biblische Gestalt in der Sprache Voltaires. Seinen Worten war zu entnehmen, daß die Taxen in Tunis von Allah betrieben werden, wenn auch formell eine städtische Gesellschaft dafür zuständig ist. Inzwischen aber war durch die Sonne, die ungewohnte Umgebung und vielleicht auch durch das Wasser aus dem Ziegensack etwas von der berühmten orientalischen Gelassenheit über mich gekommen.

Ich schlug den Führer wieder auf und las weiter: «Man begeistert sich mit Recht an dem goldenen Licht der Sonne, der Azurfarbe des Himmels und des Meeres, die zu jeder Jahreszeit das Land zärtlich umhüllen und ihm die Süßigkeit des Lebens verleihen, die den Lauf der Zeit vergessen läßt und dem Alltag einen tieferen Sinn und Lebensinhalt gibt.»

Welch herrlicher Satz von orientalischer Pracht und Lieblichkeit! Und das in einem Prospekt, der auf deutsch und für Deutsche geschrieben war! Das tunesische Verkehrsbüro hatte bestimmt keinen erfahrenen deutschen Werbefachmann zugezogen. Der hätte den schönen Satz rücksichtslos gestrichen und durch den der deutschen Mentalität entgegenkommenden Slogan ersetzt:

Tunis – ein neues Reisegefühl
für repräsentative Menschen von Geschmack!

Endlich gefiel es Allah, eine seiner Droschken vorbeikommen zu lassen. Es war ein Kleinstwagen französischer Bauart mit einem hünenhaften Berber am Steuer. Hinter dem Ohr trug der Wüstensohn einen Strauß Orangenblüten, deren betäubender Duft mich in eine milde Trance versetzte, die bis zum Hotel anhielt.

Als Fahrpreis verlangte der Hüne nur den Betrag, den die Taxameteruhr anzeigte. Wenn man vorher in Neapel war, wo jeder Taxifahrer den von der Uhr angegebenen Betrag mit einem selbsterdachten Index multipliziert, fühlt man sich in Tunis wie in einer Hansestadt.

Der Hotelportier trug eine rote Filzkappe und fragte: *«Vous êtes de quel caravane?»*

«Was willst du damit sagen, daß die Verschleierung auch ihre Vorteile hat?»

Zu welcher Karawane ich gehörte? Verwirrt antwortete ich: «Zu keiner!»

Der Empfangschef schlug die Hände über dem Kopf zusammen und rief zur Direktion hinüber: *«Madame, un voyageur isolé!»* Man bezeichnete mich als «isolierten Reisenden». Madame kam aus dem Büro heraus, das Hotelpersonal sammelte sich im Foyer, alle bestaunten mich. Im Zeitalter der Gesellschaftsreisen, im tunesischen Hoteljargon Karawanen genannt, ist der *voyageur isolé* ein seltener, schwer einzuordnender Zugvogel.

Jeden Touristen, der zum erstenmal in den Orient kommt, zieht es mit magischer Kraft zum Basar. Am großen Tor, das in die Altstadt von Tunis führt, saßen drei Muselmänner auf nichts: Zwischen Erd- und Hosenboden befanden sich zwanzig Zentimeter Luft. Wunder des Orients!

In den engen Gassen wimmelte es von Burnussen, Turbanen und weißen Schleiern. Einige auf dem Weg zur Emanzipation (und kleinen Besorgungen) befindliche Frauen hielten nur noch einen Zipfel des Schleiers mit den Zähnen fest – ein Bild, das bei der vorigen Moslemgeneration noch als Halbakt gegolten hätte.

Der überraschendste Eindruck meines Bummels durch die Basare war die Diskretion, mit der alle Geschäfte getätigt wurden. Da gab es kein Geschrei und lautes Gefeilsche, wie man es von anderen Anrainern des

Mittelmeeres gewohnt ist. Freundlich lächelnd saßen die Händler vor ihren Schätzen, begrüßten die vorbeibummelnden Fremden mit einer höflichen Verbeugung und forderten sie mit diskreter Handbewegung zum Nähertreten auf. Trat man nicht näher, war der Fall erledigt. Wer vorher in Neapel war, weiß das zu würdigen.

Vor der Moschee Ezzitouna kam ein fürstlich gekleideter Scheich auf mich zu. (Weshalb das Wort «Scheich» bei uns meist in einem etwas abfälligen Sinne gebraucht wird, ist mir ein Rätsel. Jeder burnustragende Araber, und sei er auch noch so arm, hat mehr echte Würde als ein ganzer Staatsempfang in Bonn.) Der Grandseigneur im dunkelroten Burnus mit weißem Überwurf fragte: «Sind Sie Deutscher?» Ich gab es zu. Er lobte Deutschland im gepflegtesten Französisch. Sein Angebot, mich durch die Kasbah zu führen, nahm ich dankbar an.

Es wurde einer der zauberhaftesten Vormittage meines Lebens. Der würdige Herr zeigte mir die Koranschule, den früheren Sklavenmarkt, den Palast des Bei (an dessen Mauern ausgerechnet Schlafzimmer feilgeboten wurden), verträumte kleine Höfe und blumengeschmückte Dachterrassen, von denen man einen herrlichen Blick über die moscheenreiche Stadt hatte.

Der Zufall wollte allerdings, daß wir bei unserem Spaziergang in regelmäßigen Abständen bei Freunden meines neuen Freundes landeten, die seltsamerweise alle Teppichhändler waren. Überall wurden wir zu einem kleinen türkischen Kaffee eingeladen, den wir auf jenen runden Sitzkissen einnahmen, die man auch in feinsten Kreisen als Puff bezeichnet. Wir sprachen über Geschichte, Sitten und Gebräuche des Landes, über Parallelen in den verschiedenen Religionen und über die tunesischen Volksbräuche. Nur über eins sprachen wir nicht: Über Teppiche, die doch eigentlich, um einen Ausdruck der jungen Dichtergeneration zu gebrauchen, das echte Anliegen des jeweiligen Gastgebers waren.

Die Höflichkeit gebot mir natürlich, beim Abschied stets ein paar bewundernde Worte über die reichlich herumliegenden Produkte einheimischen Knüpf-Fleißes zu verlieren. Ebenso natürlich gebot die Höflichkeit dem Gastgeber, einige exquisite Stücke hervorzuholen, sie aber nicht etwa zum Kauf anzubieten, denn das wäre einer Beleidigung des Gastes gleichgekommen.

Daraufhin gebot mir wieder die Höflichkeit, nach dem wahrscheinlich sehr hohen Wert der Teppiche zu fragen, was den Gastgeber veranlaßte, zunächst den Wert und dann ein Fünftel als Freundschaftspreis zu nennen. Das war dann jedesmal der kritische Punkt des Besuches, an dem ich immer wieder dieselbe Ausrede benutzte: «Ich komme am Nachmittag mit meiner Frau, die dann die Auswahl treffen wird!» Ich verschwieg allerdings, daß meine Frau sich in der ziemlich sicheren Entfernung von etwa zweitausend Kilometern befand. Händler und Scheich wiederum beteuerten, daß ihnen nichts an einem Geschäft läge, sondern daß es

Viele Reisende kommen mit übertriebenen Vorstellungen vom Bauchtanz zu den Vorstellungen, die in manchen Oasen für Reisegesellschaften gegeben werden. Viel mehr als auf diesem Bild wird von den Tänzerinnen selten gezeigt. Trotzdem staunt der Laie immer wieder, was die Damen vom Fach alles mit dem Bauch machen können.

ihnen ein Vergnügen war, einen so netten Menschen wie mich kennenzulernen. So erzählten wir uns pausenlos Märchen, es war wie in Tausendundeiner Nacht.

Am Rande der Kasbah verabschiedete ich mich unter Austausch vieler Höflichkeiten von meinem Begleiter. Ich kam mir vor wie ein Betrüger, denn der als Scheich verkleidete Teppichhandels-Vermittler hatte mich ohne jede Gegenleistung mit echt orientalischer Verkaufsgesprächskultur bekannt gemacht. Außerdem gab er mir noch einen sehr wertvollen Tip mit auf den Weg: Ich sollte unbedingt zur «Place Bab Souika» fahren, denn dort sei Tunis am orientalischsten.

Mein Freund hatte nicht übertrieben. Rund um den Platz saßen in Garküchen und maurischen Cafés, deren Tische und Stühle auf die Straße hinauswucherten, leise plaudernde, meditierende oder dominospielende Muselmänner. Ich habe mich in so ein Café gesetzt, mir eine Wasserpfeife bestellt und in aller Ruhe das Gewimmel von Einkaufstaschen schleppenden verschleierten Hausfrauen, Lastträgern, Kuchenhändlern, Eseltreibern und Wasserverkäufern betrachtet.

Aus dem Hinterzimmer des Cafés ertönten klagende Flötenweisen. Wenn die Nargileh wegen meiner Ungeübtheit auszugehen drohte, nahmen hilfsbereite Nachbarn das Mundstück, ließen es in ihren Prophetenbärten verschwinden und nuckelten die Wasserpfeife wieder in Gang. Sie rieten mir: «Langsam und ruhig ziehen, niemals hastig!» Eine goldene orientalische Lebensregel, die für alles paßt. Nicht ohne Grund ist der Herzinfarkt eine im Orient ziemlich seltene Ablebenserscheinung. Wie vielen bundesdeutschen Managern würde eine Wasserpfeifenkur an der Place Bab Souika guttun! Aber die Touristen aus der Bundesrepublik besuchen die Stadt Tunis nur am Rande, denn sie alle streben nach der reindeutschen Kolonie Hammamet, die fünfzig Kilometer südlich am wunderschönen gleichnamigen Meerbusen liegt.

«Hammamet» – bis vor kurzem hätte ich das für die Äußerung eines alten Germanen bayerischer Abstammung gehalten, der sich bei seiner Thusnelda erkundigt, ob noch Met im Hause sei. Inzwischen weiß ich, daß Hammamet eine Perle an den blauen Gestaden des Mittelmeeres ist. Vor diese Perle werfen deutsche Flugreisegesellschaften allwöchentlich ganze Klipperladungen sonnenhungriger und geltungsbedürftiger Touristen aus der regenreichen Bundesrepublik. Luftlandetruppen des Friedens, wenn man so sagen darf.

Als ich ziemlich spät abends in Hammamet ankam und eines der beiden im Stil maurischer Sultanspaläste erbauten Hotels betrat, klang mir das schöne Lied «Trink, trink, Brüderlein trink» entgegen.

Mein erster Eindruck war: Ich bin in der Filmstadt Geiselgasteig, die Dekoration für den Monstre-Ausstattungsfilm «Die Lieblingsfrau des Kalifen» ist drehfertig ausgeleuchtet, die deutschen Komparsen sitzen noch in den Kulissen herum und warten auf das Eintreffen der Kostüme. Bis dahin vertreiben sie sich die Zeit mit Skatspielen und dem lautstarken Erzählen von Kriegserinnerungen.

Der arabische Portier sprach rheinisch gefärbtes Deutsch und bedauerte, mich als Einzelreisenden nur zwei Nächte beherbergen zu können. «Wejen Reisejesellschaft ... übermorgen Se können jehn in de Wüste!»

Das war keine Drohung, sondern das freundliche Angebot, mich an einer zweitägigen Omnibusfahrt zur Oase Gabès zu beteiligen. Diese Wüstenfahrten sind das Ventil, mit dem sich die Hotels in Hammamet während der Hochsaison vom Überdruck befreien.

Ein eleganter Boy in ornamentverzierten Pluderhosen nahm die Koffer und führte mich durch die deutsch besetzte Pracht, vorbei an indirekt beleuchteten Wasserspielen, altrömischen Amphoren mit der Aufschrift «Papier» und farbenprächtigen Blumenrabatten. Um einen betäubend duftenden Garten mit Zitronen- und Orangenbäumen herum lagen ebenerdige Appartements mit kunstvoll vergitterten Fenstern. Ich kam mir vor wie ein Mädchen, das in ein Serail eingeliefert wird. Der Boy schloß eine mit Eisennägeln verzierte Tür auf, stellte meine Koffer ab und verschwand, ohne auf Trinkgeld zu warten. Wunder des Orients!

Wegen eines Schlaftrunkes machte ich noch einen Abstecher in die Bar, wo alle Tische mit Erfolgsmenschen voll besetzt waren. Es ist ja eine bekannte Tatsache, daß man auf Reisen ausschließlich sogenannte «Führungskräfte» kennenlernt. Wieviel Tüchtigkeit des einzelnen sprach aus allem, was da ziemlich laut gesagt wurde! Die einzigen «Herren» im althergebrachten Sinne waren eigentlich nur die vornehmen und zurückhaltenden Kellner. Sie waren keine Erfolgsmenschen im kommerziellen Sinn, aber schön wie die Scheichs der Stummfilmzeit. Die gewichtigen Gattinnen der deutschen Führungskräfte himmelten die arabischen Dienst-Herren an und gaben sich bei allen Bestellungen furchtbar nekkisch. Es geht das Gerücht, daß männliche Einwohner Hammamets hin und wieder dem Werben bundesdeutscher Damen nachgeben, die wegen Übergewichtes jede Hoffnung auf Romanzen längst aufgegeben haben. In Tunesien gilt die Förderung des Fremdenverkehrs als nationale Pflicht. Außerdem kommt die Fülligkeit mitteleuropäischer Mittvierzigerinnen dem arabischen Frauenideal sehr nahe.

Das diskrete Gurren, das ich auf dem Rückweg zu meinem Bungalow aus den dunklen Gärten hörte, konnte Tunesisch, Rheinisch oder eine Mischung aus beidem sein.

Beim Schlafengehen machte ich die überraschende Feststellung, daß in den Betten von Hammamet keine Langeweile aufkommen kann. Man hört aus den Nebenappartements jedes Wort und jedes Geräusch.

Zu beiden Seiten meines Bettes wurden die großen Eindrücke des heutigen Tages besprochen. Von links kam eine Männerstimme: «Hätte ich nicht die Sieben gezogen, als der angebliche Fabrikdirektor Pique ausspielte, hätte ich gewonnen!» Von rechts kam eine Damenstimme: «Fleisch können die Brüder nicht kochen! Gott sei Dank habe ich die Zähne meines Vaters!» Dieser Satz mit seinen Auslegungsmöglichkeiten bewegte mich bis zum Einschlafen. Zu erzählen, was mir sonst noch geboten wurde, verbietet die Diskretion, soweit es das Zimmer zur Linken, und der Anstand, soweit es das Zimmer zur Rechten betrifft.

Als ich am nächsten Morgen vor die Tür trat, saßen rechts und links meine Nachbarn beim Frühstück. Errötend wünschte ich mit Verbeugung nach beiden Seiten einen guten Morgen. In der Morgensonne machte die Bungalowreihe mit den unter Zitronenbäumen sitzenden Bewohnern den Eindruck einer sehr vornehmen Arbeitersiedlung.

Nach dem Frühstück mußte ich mich völlig umziehen, weil mir eine vollreife Zitrone in die Kaffeetasse gefallen war. Die Zitronenbäume haben offensichtlich die Aufgabe, der Hotelwäscherei zu regem Geschäftsgang zu verhelfen.

Hinter dem Minigolf-Platz von Hammamet traf ich das wohl meistfotografierte Kamel der Welt. Es machte pausenlos Kniebeugen: Vorderbeine runter, Hinterbeine runter, ein Hotelgast rauf auf den Sattel, Hinterbeine hoch, Vorderbeine hoch, Blende 8, sechzigstel Sekunde, Klick, Vorderbeine runter, Hinterbeine runter, Gast runter, der Nächste bitte, Hinterbeine hoch, Vorderbeine hoch, und so weiter, bis zur Mittagspause ... Nichts hebt den gesellschaftlichen Wert eines Menschen so sehr wie die Verbindung mit einem Kamel.

Fünfhundert Quadratmeter Sandstrand kommen schätzungsweise auf jeden Kopf der Hotelbevölkerung von Hammamet. Wer Einsamkeit sucht, kann sie hier finden. Es sucht sie aber keiner. Es wird nur in Pulks gebadet und gesonnt.

Ich erholte mich an diesem einen Tag in Hammamet ganz ausgezeichnet. Das war auch nötig, um die Strapazen der Wüstenfahrt am folgenden Tag zu überstehen. Sechzehn Oasen-Aspiranten standen um sieben Uhr früh in leichtester Sommerkleidung vor dem Hotel. Ich fragte die Reiseleiterin, wie weit es bis zum Ziel unserer Wüstenträume sei, und wurde blaß: Hin und zurück siebenhundert Kilometer. Noch blasser wurde ich, als der Omnibus kam: Es war ein Kleinbus, wie ihn größere Hotels für kleine Strecken und Gepäcktransport benutzen.

Ich bekam einen Platz über der Hinterachse. Neben mir saß die hervorragend gepolsterte Frau Meier aus Castrop-Rauxel, ein Ausbund rheinischer Fröhlichkeit. Sie machte dauernd urkomische Bemerkungen, über die sie vor Lachen kreischte. Für die Lustigkeit der Fahrt sorgte außer Frau Meier noch ein Herr Bickel, Vertreter für Dichtungen (nicht im Sinne von Poesie, sondern von Rohrleitungen). Herr Bickel hatte diese Gegend schon einmal im Range eines Stabsfeldwebels bereist und sich den goldenen Humor dieser Berufsgruppe bewahrt.

Sieben ratternde Kleinbusstunden lang unterhielten uns die beiden Betriebsnudeln. Nur hin und wieder gelang es der Reiseleiterin, sie mit wohlgemeinten Ausführungen über Sitten und Gebräuche des Landes zu unterbrechen. Auf halber Strecke wurde eine Pause eingelegt, um das altrömische Kolosseum von El Djem zu besichtigen. Ein arabischer Führer geleitete die Gruppe durch Kolonnaden und Verliese. Immer wieder splitterten von der Gesellschaft einzelne Touristen ab, um irgendeinen besonders schönen antiken Winkel allein und verinnerlicht zu betrachten. Beim Verlassen des Bauwerks waren alle wieder in gesteigerter Fröhlichkeit vereint. Der Dichtungsvertreter ging Wein «organisieren», wie er es so anheimelnd nannte.

Das Mittagessen wurde in voller Fahrt aus weißen Pappkartons eingenommen, sogenannten Lunch-Boxes, die das Hotel für jeden in die Wüste geschickten Gast mitgegeben hatte. Der Bus raste auf schnurgerader Piste an Kamelen, Olivenhainen und wandernden Beduinenfamilien vorbei. Die Beduinen, die uns neidlos nachblickten, mußten den Eindruck gewinnen, daß die Deutschen mit Vorliebe weiße Pappkartons verzehren.

Der Dichtungsvertreter ließ die Weinflasche kreisen, die Stimmung war hervorragend. Das Lied zum Lobe des schönen Westerwaldes erklang, wurde aber aus weltanschaulichen Gründen nicht von allen mitgesungen.

Damen mit gewissem Übergewicht können im Orient das langentbehrte Glück genießen, die bewundernden Blicke aller Männer auf sich zu ziehen. Dort herrscht eine völlig andere Geschmacksrichtung als in der freiwillig hungerleidenden Bundesrepublik.

Als wir am Nachmittag im Oasenort Gabès ankamen, war ich total gerädert. Alle übrigen Teilnehmer der 350-Kilometer-Fahrt, erprobte Gesellschaftsreisende, waren noch taufrisch. Der deutsche Tourist ist, da gibt es keinen Zweifel, der zäheste der Welt.

Nach Zuweisung der Hotelzimmer machte die Gruppe, aber ohne mich, noch einen kleinen 120-Kilometer-Ausflug zum Höhlendorf Matmaha. Ich bummelte inzwischen in Gabès herum. Vor einem Andenkenladen hing ein großer Wandteppich zum Verkauf, auf dem eine Schneelandschaft dargestellt war, durch die eine Troika raste. Es handelte sich bei diesem Stück wohl kaum um tunesische Volkskunst, sondern um die Folge eines bilateralen Handelsabkommens mit Pankow.

Beim gemeinsamen Abendessen saß Frau Meier neben mir. «Da haben Sie aber wieder wat verpaßt, Herr Schmidt! Wir haben einen jungen Scheich gesehen, der sein Pferd zur Tränke führte... nein, war der schön... wie ein Schauspieler!» Was Schöneres kann es wohl kaum geben.

Nach dem Essen zog ich mich in die Hotelhalle zurück. Unter einem riesigen Ölbild, auf dem eine schöne Beduinin ein Kamel bändigte, das vor einem Auto der Jahrhundertwende scheute, lag auf einem Tischchen als einziger Lesestoff die «Deutsche Drogistenzeitung». Ein sicher hochinteressantes Blatt, für das ich aber 350 Kilometer tief in der Wüste nicht die richtige Konzentration aufbrachte.

Das Einschlafen war mit Schwierigkeiten verbunden, denn unter meinem Fenster waren deutlich hörbar zwei Araber damit beschäftigt, sich gegenseitig die Kehle durchzuschneiden oder zuzudrücken. Stöhnen und Gurgeln drangen an mein entsetztes Ohr. Ich lehnte mich zum Fenster hinaus und stützte dabei die Hände auf den Sims. Die Finger versanken in einer lehmartigen Masse. Einige dicke Tauben, die den Radau (und außerdem die lehmartige Masse) erzeugt hatten, flatterten erschreckt davon.

Am Morgen regnete es wie aus einer voll aufgedrehten Dusche. Der Portier versicherte, daß man schon gewaltiges Glück haben müßte, um das in einer Oase zu erleben.

Vor dem Hotel standen vier antike Pferdedroschken für die von den Reisenden im voraus bezahlte und deshalb eisern durchgeführte Oasenrundfahrt bereit. Durch die Löcher im Verdeck rann mir das Wasser pausenlos in den Nacken.

Im Zentrum der Oase hielt die gespenstische Kolonne an einem im Bau befindlichen Postkartenstand. Vor uns lag die lebenspendende, rauschende Quelle. Das Rauschen konnten wir allerdings nicht hören, weil der Regen zu laut auf das Verdeck prasselte.

Die Reiseleiterin forderte uns zum Aussteigen auf. Wir sollten ihr auf einen etwa hundert Meter entfernten Hügel folgen, von dem aus man einen Blick von einmaliger Schönheit in die Wüste haben würde. Und da tat ich etwas, was man wohl als Schandfleck in einem Reporterleben bezeichnen darf: Ich blieb in der Kutsche sitzen und wurde zum Wüstendienstverweigerer. Ich hatte noch einige trockene Fäden am Leibe, und die sollten es bleiben.

Zweieinhalbtausend Kilometer weit war ich gereist, um die echte Wüste kennenzulernen. Aber die letzten hundert Meter habe ich nicht mehr geschafft. Durch einen Spalt im Verdeck konnte ich beobachten, wie meine Mitreisenden in strömendem Regen und vom Wind gepeitscht den Hügel stürmten, allen voran Frau Meier. Sie hat mir hinterher erzählt, was sie sah, und ich habe es als pflichtbewußter Reporter genau aufgeschrieben: «Also, Herr Schmidt, soviel Sand können Sie sich janich vorstellen! Soweit dat Auge reicht, Sand und noch mal Sand! Da ham Sie aber wieder mal wat verpaßt!»

Auf der Rückfahrt machten wir kurze Rast in zwei herrlichen Städten, in denen ich schon auf der Hinfahrt hätte aussteigen sollen: Sousse und Sfax. Wer Ihnen, liebe Leser, erzählen will, da unten gäbe es keinen echten Orient mehr, will sich nur wichtigmachen. Das einzige, was in Tunesien vom echten, alten Orient fehlt, ist das Übervorteilen von Reisenden. Hier wird der Fremde geehrt, als Gast betrachtet und, um einen Ausdruck aus der Jägersprache zu benutzen, geschont.

Abschließend möchte ich darauf hinweisen, daß Frau Meier gar nicht Meier hieß.

Wo die Mozartkugel rollt ...

In Salzburgs berühmtem Café «Tomaselli» traf ich ein Aufnahme-Team des französischen Fernsehens. Es hatte den Auftrag, einen Film über das neue Festspielhaus zu drehen. Weil aber Herr von Karajan künstlerische Bedenken hatte, durften die Franzosen nicht hinein. (Sie hätten drinnen auch sehr gestört, denn dort drehte bereits eine amerikanische Filmgesellschaft, die mit vielen harten Dollars die künstlerischen Bedenken beseitigt hatte.)

Trotz dieser widrigen Umstände waren die französischen Fernsehleute bester Laune. Sie hatten soeben ein Telegramm von ihren Auftraggebern aus Paris bekommen:

KEINE AUFNAHMEN VON FESTSPIELEN STOP DREHT FILM
ÜBER SALZBURG DENN MOZART KANN NICHTS DAFÜR

Salzburg ist nicht nur der Geburtsort Mozarts, des bescheidensten, liebenswertesten und geschäftsuntüchtigsten Musikers der Welt, Salzburg ist auch der Geburtsort Karajans. Dazwischen liegen mit Recht zwei Jahrhunderte.

Mozarts Geburtshaus steht in der Getreidegasse, der Hauptfremdenverkehrsader Salzburgs. Als ich die Treppe zum Mozartmuseum hinaufging, fiel mir als erstes ein großes Schild ins Auge. Es könnte als Leitmotiv über den ganzen Festspielen stehen: ZUR KASSE!

Im ersten Raum lag ein dickes Buch mit angekettetem Bleistift. Hier konnte man seinen Namen mit einer Spende eintragen. Das Geld soll dazu dienen, in aller Welt verstreute Mozart-Handschriften zurückzukaufen. Die Preise dieser Handschriften steigen ständig, weil Sammler sie wie Aktien kaufen. Kenner behaupten, Mozart sei noch besser als Daimler-Benz, wenn er auch an den Börsen vorläufig noch nicht notiert wird.

In einem kleinen, fensterlosen Raum hing ein viersprachiges, barock verziertes Schild an der Wand:

Hier stand Mozarts Wiege
Mozart's cradle stood here
C'est ici q'était le berceau de Mozart
Qui stava la culla di Mozart

Davor stand ein Amerikaner mit einem einheimischen Fremdenführer und ließ sich erzählen, daß Mozart von seiner Musik kaum leben konnte und in einem Armengrab, dessen Lage unbekannt ist, begraben wurde. Der Amerikaner war ehrlich erschüttert und sagte: «*That's what we call bad management – his music was very good – he didn't know how to sell it!*»

Er sagte also, daß Mozart nichts weiter fehlte als ein guter Manager. Dieser Mangel ist inzwischen gründlich behoben, denn heute kümmern sich die besten Manager der Welt um Mozart. Von Herbert von Karajan, dem mehrfachen europäischen Meister im Stabhochschwung (er erzielte höchste Preise in Wien, Berlin, Mailand, Salzburg usw.), bis zu den Andenkenindustriellen ist man fleißig bemüht, Mozarts klingendes Erbe in noch schöner klingende Münze umzusetzen.

Als ich das Mozarthaus verließ, zog in festem Schritt und Tritt eine rheinische Touristengesellschaft vorbei. In Dreiergruppen untergehakt, sangen sie slibowitzbeflügelt das schöne Lied: «Und dann kam die böse Schwiegermamama, Schwiegermamama», das nachweislich nicht von Mozart ist, aber sehr stimmungsfördernd.

In ganz Salzburg floriert der Handel mit Mozartkugeln, einem bodenständigen Spezialkonfekt, das in vielerlei Verpackung angeboten wird. Sogar in Form eines Buches, das eine Mozartbiographie vorspiegelt. Außerdem gibt es: Mozartköpfe aus Eisendraht, Mozartköpfe auf Zigarren- oder Nähkästen (mit Musik), Mozartköpfe auf Tellern, Mozartköpfe in Wachs und als tönende Ansichtskarte. Mozart ist also unvergessen. Der einzige, der ihn völlig vergaß, ist der Architekt des neuen 45-Millionen-Mark-Festspielhauses. Er baute eine Breitwandbühne, ideal für Broadway-Revuen, die aber hier meines Wissens vorläufig nicht aufgeführt werden sollen. Die technischen Möglichkeiten sind unbegrenzt. Die Apparate und Maschinen kosteten viele Millionen, sind aber so kompliziert, daß man von ihrer Benutzung vorläufig absehen will.

Die aus aller Welt herbeigeeilten Mozartfreunde können in Salzburg einen luxuriösen 160seitigen Bildband erwerben, dem der künstlerisch interessierte Mensch Einzelheiten über das neue, in einen Felsen hineingesprengte Festspielhaus entnehmen kann. Wem verschlägt es nicht den Atem, wenn er auf Seite 108 liest:

Bei verhältnismäßig großen Ladungen von bis zu 100 kg brisantem Sprengstoff konnte ein Tagesdurchschnitt von 200 Kubikmeter festem Gestein erreicht werden, ohne nennenswerten Schaden anzurichten. Zu den Sprengzeiten wurde in den anliegenden Straßen ein Halteverbot für Kraftfahrzeuge erlassen.

Wo fangen nennenswerte Schäden an, wenn es sich um den Bau eines Opernhauses handelt, wo es auf der Bühne bekanntlich immer einige Tote gibt? Die Salzburger Bühne ist eine der perfektesten der Welt. Das wird auch dem Laien klar, wenn er in dem Festspielhaus-Prachtband liest:

Insgesamt stehen im Mittelbereich 77 Prospektzüge mit je 18 Meter langen Laststangen und einer Tragkraft von je 350 kg zur Verfügung. Beiderseits ans Mittelfeld anschließend sind je weitere 10 Dekorationszüge mit verkürzten Laststangen und je 150 bzw. 200 kg Tragkraft angeordnet, außerdem je 3 Panorama- und vier Punktzüge zum Heben von Einzellasten.

Wie geschickt die Salzburger Geschäftsleute die barocken Schätze der Stadt für Werbezwecke zu nutzen wissen, beweist das Wäschegeschäft im alten Rathaus. Die goldenen Waagschalen der Justitia weisen deutlich auf die Artikel des Geschäftes hin.

Der diskrete Abtransport etwaiger launenhafter Koloratursopranistinnen ist also gewährleistet. Notfalls steht noch eine ganze Reihe von Versenkungen zur Verfügung.

Die Bühnenmaschinerie besteht aus 87 Motoren mit einer Gesamtleistung von 430 kW, 43 Hilfsmotoren, 270 Endschaltern, 450 Relais, 72 000 Meter Leitungen, 17 000 Meter Schutzrohren und 14 000 Meter Kabel.

Wenn ich als Sänger auf dieser Bühne stünde, bliebe mir angesichts einer solchen Festspielmaschine jeder Ton im Halse stecken. Aber dafür gibt es spezielle Tonapparaturen, deren Funktionieren auf Seite 139 allgemeinverständlich erklärt wird:

Um das akustische Bühnengeschehen oder einzelne bestimmte Modulationsquellen mit einem Nachhalleffekt zu versehen, ist eine Laufzeitanlage eingebaut. Der Halleffekt wird so erzeugt, daß die auf dem Band über einen Sprechkopf aufgezeichnete Information nacheinander von acht Köpfen auf vier Wiedergabekanäle geleitet wird.

Und das Ganze fing mit Mozarts kleinem Tafelklavier an!

Alle diese komplizierten Apparate und Maschinen unterstehen dem künstlerischen Leiter Karajan. (Sein Name wird übrigens von Laien immer wieder mit Kalanag verwechselt, dessen Show-Business aber auf einem anderen Sektor liegt, wenn sich auch manche Tricks ähneln.)

Karajans Starfoto wird von vielen Salzburger Geschäftsinhabern als eine Art Fetisch für gute Einnahmen ins Schaufenster gestellt. Ich sah ein Bild in einem Antiquitätenladen neben Armleuchtern und in einem Sportgeschäft neben aufgeblasenen Luftmatratzen. Diese kostenlose Nutznießung seines Kopfes und die Tatsache, daß viele naive Passanten, auf das Bild zeigend, ausriefen: «Sieh mal, der Paul Henckels!», sind wahrscheinlich schuld an Karajans Abneigung gegen Bildreporter.

Im Gegensatz zu Karajan ist die Presseabteilung der Salzburger Festspiele die pressefreundlichste und liebenswürdigste, die ich je erlebte. Einige hübsche und charmante Damen versuchen dort, an den Journalisten gutzumachen, was höheren Ortes gesündigt wurde. (Nicht etwa umgekehrt!) Ich bekam eine auf Büttenpapier gedruckte, mit einem alten Stich gezierte Einladung zum Gala-Empfang auf dem Barockschloß Kleßheim. Neben dem Vermerk «Frack, Orden» (ich besitze nur einen Faschingsorden, und den hatte ich nicht bei mir) stand folgende Bitte: «Die Gäste werden gebeten, sich tunlichst auf alle Empfangsräume des Schlosses, vor allem zu ebener Erde, verteilen zu wollen.»

Dieser Satz machte mich stutzig. Sollte Karajan auf ebenerdiger Begrüßung durch die Gäste bestanden haben? Gewundert hätte es mich nicht, es traf aber nicht zu.

Vor der Auffahrtsrampe des im Lichterglanz liegenden Schlosses spielte eine Militärkapelle mit Pauken und Trompeten liebevoll Mozart. Dazu gab die Polizei über Lautsprecher Anweisungen an die vorfahrenden Wagen.

In den Empfangsräumen des Schlosses waren die Österreicher in der Überzahl. Man merkte es daran, daß an dem kalten Büfett nicht gedrängelt wurde, obgleich es von einmaligem Luxus war. Jeder wollte jedem den Vortritt lassen. Des «Bitt schön, nach Ihnen!» war kein Ende.

Der Typ des berühmten Grafen Bobby war in vielfacher und charmanter Ausfertigung vertreten. Dazu viele österreichische Minister mit rot-weiß-roten Ordensschärpen. Die meisten von ihnen sahen aus wie gemütliche Heurigenwirte, und alle trugen den Bauch da, wo er hingehört: Ziemlich weit unten.

Die vielen anwesenden Hofräte schienen einem Sissi-Film entstiegen zu sein. Auch schöne Sissis waren reichlich vorhanden. Und dazwischen wanderte ohne viel Aufhebens der österreichische Bundespräsident herum mit einem Glas Gumpoldskirchner in der Hand. Es war ein zauberhafter Abend, der schlagend die Behauptung widerlegte, die Österreicher seien Deutsche.

Am Abend darauf fuhren die überschweren Wagen mit bundesdeutschen Nummern am Festspielhaus vor. Da kam der Straßenkreuzer eines Schlagerkomponisten, der mit drei bei Mozart geklauten Takten ein Vermögen gemacht hatte. Und ein Münchner Textilhändler mit einem gewaltigen, diamantenblitzenden Orden am Halse und einer ebensolchen Dame am Arm. Die Auffahrt zog sich endlos lange hin, weil nur vor einer der vier Eingangstüren eine Fernsehkamera stand und sich viele Festspielgäste weigerten, vor den anderen Türen auszusteigen, obgleich ihnen dort schon der Wagenschlag geöffnet wurde.

Ein harter Schlag für die Garderobenfrauen war das schöne Wetter: Nur ganz wenige hatten was abzugeben. Ein harter Schlag für viele Gäste war das Innere des Festspielhauses. Doch darüber läßt sich streiten, und das will ich nicht, weil ich von der Presseabteilung die letzte verfügbare Premierenkarte als Geschenk überreicht bekam. Diese Karte kostete normal den gesalzenen Preis von 167 DM. Hoffentlich macht Karajan der Presseabteilung wegen dieses Geschenkes keine Vorwürfe. In Salzburg kümmert sich nämlich, soweit ich das übersehen konnte, der künstlerische Leiter vor allem um Kasse und Technik, während sich der technische Leiter wahrscheinlich um die Kunst kümmert.

Als ich meinen Platz aufsuchte, konnte ich hocherfreut feststellen, daß man gründliche Beleuchtungsproben veranstaltet hatte: Die oberen Hälften der Rückenlehnenbezüge, die von den hochgeklappten Sitzen nicht bedeckt wurden, waren bereits am Premierentag verschossen. Erst vor wenigen Stunden war das Haus vom Bundespräsidenten seiner Bestimmung übergeben worden. Ein Minister hatte sich in seiner Ansprache bedankt beim «Steuerzahler, der draußen blieb, aber die Mittel für den Prachtbau erstellte». Das ist der Steuerzahler ja gewohnt.

Dann hob Karajan den Taktstock. Über die Aufführung will ich nicht weiter reden, denn in Salzburg waren über achthundert internationale Musik- und Theaterkritiker akkreditiert, deren nur ganz leicht voneinander abweichende Meinung bis ins letzte Provinzblatt drang.

Für die meisten Besucher war die Pause das Wichtigste. Für die Pausen hatten die Damen sich hergerichtet, Friseusen und Schneider an den Rand des Nervenzusammenbruchs gebracht und sich den Totalinhalt ihrer Schmuckkassetten umgehängt.

Ein riesiges Fenster geht vom ebenerdigen Foyer direkt auf die Stra-

ße. Nur durch eine Scheibe getrennt, kann das einfache Volk Anteil nehmen. An der Wand hängt ein Metall-Relief mit dem Titel: «Huldigung an Anton von Webern.» Von der Decke strahlt ein Beleuchtungskörper, den man in anderer Umgebung für einen Satz elektrischer Kaffeemühlen halten würde.

Viele Wirtschaftswunderkinder hatten die hohen und nicht absetzbaren Reisespesen nicht gescheut. Ihr Idol stand leibhaftig neben mir an der Bar im Foyer: Ludwig Erhard. Er lächelte mich freundlich an, denn er kannte mich nicht. Der Ruhm dieses Mannes ist so gewaltig, daß selbst Curd Jürgens, der einige Meter weiter stand, weniger Beachtung fand. Nur der bis zum äußersten dekolletierte Rücken von Curds schöner Gattin erregte noch größeres Interesse als Erhard. Die Pause war den meisten Gästen viel zu kurz, aber die Pflicht rief sie wieder in den Zuschauerraum.

Nach der Vorstellung besuchte ich noch eine Bar, die speziell für die Snobs eingerichtet wurde, denn als Lampen dienten Kuhglocken, und die Wände waren mit allem Zubehör der Rindviehhaltung dekoriert. Jeder Snob hatte sich irgendeinen schönen Satz mitgebracht, um ihn kennerhaft ins Gespräch zu werfen. Ich hörte: «Die Partitur verlangt eine Es-Klarinette!», «Im fünften Takt fehlte die Caesur!» und «Wie herrlich stand das dreigestrichene C im Raum!».

Nach fünf Minuten hatte ich die Nase gestrichen voll und das Gefühl, im falschen Raum zu stehen.

In einer kleinen Weinstube habe ich den Abend beschlossen, im Kreise von Dienstmännern, Bühnenarbeitern, Komparsen und biederen Salzburgern, für die eine Eintrittskarte zu ihren ureigenen Festspielen unerschwinglich war. Auch hier wurde die Aufführung besprochen, aber mit bedeutend mehr Liebe und Sachverstand als in der feinen Bar.

Am nächsten Morgen fuhr ich hinauf zur «Hohensalzburg». Die trutzige Festung wurde erbaut vom streitbaren Erzbischof Leonhard, dessen Wappen eine Rübe im schwarzen Felde war. Die heraldische Bedeutung der Rübe ist mir nicht ganz klar, aber Seine Eminenz werden schon ihre Gründe gehabt haben.

Ich schloß mich einer Gruppenführung an und erfuhr in der Folterkammer zwischen Daumenschrauben, Halseisen, Streckvorrichtungen und anderen Marterwerkzeugen, was Salzburgs Fürsterzbischöfe hier mit ihren politischen Gegnern trieben. Als der Kastellan das Funktionieren der bis auf siebzig Grad heizbaren «Geständniskammer» liebevoll erklärte, war ich nahe daran, unsere heutigen Politiker liebzugewinnen. Aber wer weiß, was die noch vorhaben.

In der Folterkammer hing auch die berühmte «Schandgeige», ein geigenförmiges Brett, in das Kopf, Hände und Füße des Delinquenten hineingesteckt und auf engstem Raume zusammengeschlossen wurden. Der Name dieses Instrumentes ist ein Beweis mehr dafür, daß ganz Salzburg voll Musik ist. Nach Besichtigung der Festung wurde die Touristen-Gruppe vom Kastellan entlassen, mußte aber noch an einer Tür vorbei, vor der ein alter Mann im weißen Kittel stand und mit markiger Stimme rief:

«Kommen Sie näher! Treten Sie herein!
Sie werden hochbefriedigt sein!»

Das wollte ich schon immer mal. Ich zahlte den Gegenwert von zwanzig Pfennigen und befand mich im Museum des Leibregimentes Erzherzog sowieso.

Wer sich nicht fürchtet, Schaden an seiner Wehrfreude zu nehmen, sollte dieses Museum unbedingt besuchen. Im ersten Raum hing ein Ding, das sah aus wie ein riesiger Fahrplan der Bundesbahn. Es war ein «Verzeichnis der Kampfhandlungen, Treffen, Gefechte, Schlachten, Stürme und Belagerungen unseres Regiments seit 1862». Die Schlachtenbuchführung überlebte alle Zusammenbrüche. Gegenüber stand eine Kommode, die wahrscheinlich von unteren Dienstgraden in mühevoller Kleinarbeit für einen hohen Vorgesetzten gebastelt wurde: Sie bestand ausschließlich aus zusammengeleimten Gewehrteilen. Es gehörte sicher einiger Mut dazu, ein Schubfach dieses waffenstarrenden Möbels aufzuziehen. Etwas weiter stand ein großer, verglaster Schrank mit der Aufschrift «Feindliche Kopfbedeckungen». Klarer ist wohl noch nie gesagt worden, daß erst die Kopfbedeckung den Feind ausmacht, ja, praktisch überhaupt der Feind ist. Vor diesem Schrank voller Tschakos, Käppis, Mützen und Helme konnte den unbefangenen Beschauer das Gefühl überkommen, daß die Soldaten des Ersten Weltkriegs nur darauf aus waren, sich gegenseitig die Mütze oder den Helm vom Kopf zu stibitzen.

Sauber gerahmt hingen die Heldentaten des Regimentes an den Wänden. Da mir von Pathos immer schlecht wird, mußte ich bald gehen.

In den barocke Fröhlichkeit ausstrahlenden Gassen Salzburgs erholte ich mich wieder. An einem sogenannten «Durchhaus», also einem Haus, durch dessen Toreinfahrt man über malerische Höfe und Hinterhäuser in die Parallelstraße gelangen kann, fand ich dieses besonders hübsche Schild:

«Durchgang verboten!
Bis auf Widerruf freiwillig gestattet!»

Ich glaube kaum, daß außerhalb Österreichs ein so geschickter Kompromiß aus Verbot und Erlaubnis möglich ist.

Am Abend sah ich mir auf dem Domplatz den «Jedermann» an, das «Spiel vom Sterben des reichen Mannes». Auf den schlichten Holzbänken unter freiem Himmel saßen viele reiche Männer mit ihren Gattinnen, manche aber auch mit Dienstreisegefährtinnen, die schamhaft die Augen niederschlugen, wenn auf der Bühne von der «Buhlschaft» die

Rede war. Als der klassische Satz über den Domplatz tönte: «Ja, das weiß Gott, viel Geld macht klug!», strahlten viele Zuschauer, und man sah ihnen an, daß es ihnen in den Händen juckte. Nur mühsam verkniffen sie sich ostentatives Beifallklatschen. Und als der «Jedermann» verkündete: «Da ist kein Ding zu hoch noch fest, das sich um Geld nicht kaufen läßt!», spielte ein wissendes Lächeln um so manchen Mundwinkel.

Bevor der reiche Mann auf dem Schaugerüst ins Grab sank, fielen allerdings noch einige harte Worte über die charakterverderbende Eigenschaft des Geldes. Aber im Publikum fühlte sich niemand betroffen.

Die barock-heitere Atmosphäre Salzburgs erstickt alle traurigen Gedanken bereits im Keim. Die Mozartstadt ist einer der schönsten Plätze der Welt, in der Hochsaison allerdings nur bis zehn Uhr morgens. Dann donnern von allen Seiten die Touristen-Omnibusse heran und entleeren sich auf den Residenzplatz, wo die Fremden zunächst die Postkartenläden und dann das fahrbare Postamt stürmen, um sich den Sonderstempel aufdrücken zu lassen. Und dann drängt eine mozartkugelkauende Menge, wild um sich herum fotografierend, durch die Sehenswürdigkeiten, bis die Omnibusse die Abschiedsstunde hupen und am Glockenspiel vorbeidonnernd ihre fröhliche Fracht in den grauen Alltag zurücktransportieren.

Wanderer, kommst du nach Athen ...

Auf dem Zettel, der dem Schiffsbillett für die Überfahrt von Brindisi nach Griechenland beigefügt war, stand wörtlich:

«Die Reederei ist nicht haftbar für den Tod eines Passagiers, wenn er die Folge von Schiffsuntergang, Kollision oder Auflaufen ist, auch wenn dies durch Irrtümer der Navigation verursacht wird. Sie ist nicht haftbar für den Tod des Passagiers durch Feuer, Unfälle auf See, durch göttliche Fügung, Kriegshandlungen und Taten öffentlicher Feinde. Und nicht für die Folgen von Verhaftungen durch Herrscher, Regierungen und Völker, für die Folgen von Aufständen, Selbstmord, Trunkenheit oder das Verschwinden von Passagieren während des Transports.»

Heiliger Onassis! Wer bei dieser Lektüre in Ferienstimmung kommt, ist dem modernen Reisebetrieb gewachsen. Ich überlegte lange, mit welcher Todesart ich der Reederei ein Schnippchen schlagen könnte, fand aber keine, die in den von mir unterschriebenen Transportbedingungen nicht vorgesehen war.

Trotz der makabren Warnungen fuhr ich in Brindisi furchtlos mit dem Auto in den weitaufgesperrten Schlund des Fährschiffes «Appia», denn mir war jedes Mittel recht, um von Italiens Landstraßen herunterzukommen. Drei Tage lang hatte ich täglich zehn Stunden hinter dem Steuer gesessen und den Giganten der Landstraße auf die Hinterteile geguckt.

Wenn man Pech hat, sind Italiens Hauptverkehrsadern von Bozen bis Brindisi eine knatternde, dieselqualmende Tankwagen- und Fernlasterhölle. Zwei Worte stehen dem schönheitssuchenden motorisierten Italienfahrer fast pausenlos vor Augen: «Viberti» und «Adige». Das sind die auf dem Heck der Lastzüge eingestanzten Namen der Hersteller dieser Ungetüme.

Neunzig Prozent meines Blickfeldes waren während der Tausend-Kilometer-Fahrt nach Brindisi von solchen Dinosaurier-Hinterteilen verdeckt, während in den seitlich verbleibenden zehn Prozent hin und wieder Wegweiser mit so verlockenden Namen wie Rimini, San Marino, Foggia und Loreto auftauchten.

Es ist kaum abzuschätzen, wie viele der Sehenswürdigkeiten, um derentwillen sie hergekommen sind, die Auto-Reisenden links und auch rechts liegen lassen, nur weil sie gerade erfolgreich und am Grabesrande entlang einen Lastzug überholt haben und diesen Vorteil um keinen Preis aufgeben wollen. Dabei haben sie meistens sofort einen neuen «Viberti» oder «Adige» vor der Nase.

Nun stand mein Auto endlich wohlbehalten im Bauch der «Appia» und ich aufatmend an der Reling. Viel müder können auch die römischen Legionäre nicht an der Säule angekommen sein, die heute noch das Ende der klassischen Via Appia von Rom nach Brindisi markiert und von der eine breite Treppe hinunter zum Hafen führt. Hier herrschte schon vor zweitausend Jahren ein fröhliches Gewimmel von Urlaubern, frisch importierten Sklaven und Seeleuten. Die Urlauber kamen allerdings aus den griechischen Garnisonen und nicht, wie heute, aus Gallien, Germanien und Britannien.

Die «Appia» ist ein nagelneues Prachtschiff, das in einem Tage und einer Nacht Touristen, die das Land der Griechen mit der Seele, aber auch mit dem Sucher der Kamera suchen, zum geschichtsträchtigen Peloponnes schafft.

Sie bedeutet eine Revolution in der Passagierschiffahrt, denn die Verpflegung ist nicht im Passagepreis inbegriffen. Wer Appetit hat, geht ins Restaurant oder an die Bar und zahlt nur das, was er wirklich ißt. Deshalb gibt es auf der «Appia» viel weniger Seekranke als auf anderen Schiffen, wo die Passagiere vom Hummer bis zum Käse alles hineinwürgen, um nur der Reederei nichts zu schenken.

Die Luxusfähre zum Lande der Hellenen war von vorn bis hinten mit Fernsehapparaten bestückt. Sogar am Swimmingpool auf dem Oberdeck, der von einem Mäander-Mosaik eingefaßt war, befanden sich zwei gegen Wassereinwirkung geschützte Bildröhren und schickten plärrende Flimmerbilder in die Sommernacht. Am scheinwerferbestrahlten Schornstein prangte der venezianische Markuslöwe und verursachte in den Magengruben der Venedig-Kenner das unangenehme Vorgefühl des Ausgenommenwerdens. Das Gefühl trog aber, denn auf dem Schiff ging es superkorrekt zu.

Der Maître d'Hôtel im Restaurant sah aus wie Quizmaster Heinz Maegerlein, was für beide spricht. Das Publikum war international.

Mit mir am Tisch saß ein holländischer Buchhändler mit Ödipuskomplex. Er verriet mir, er führe nach Griechenland, weil er den «Ödipus» für das schönste literarische Werk der Welt hielte. (Ödipus hat bekanntlich seinen Vater umgebracht und dann seine Mutter geheiratet.) Ich wagte nicht, meinen Tischgenossen nach dem Befinden seiner werten Eltern zu fragen.

Am Nebentisch saß eine französische Familie mit vier Kindern im Alter von zwei bis sechs Jahren, von denen jeweils eines mit dem flachen Löffel in die Suppe schlug, der Mutterhand ausweichend vom Stuhl fiel, schrie, vom peinlich berührten Ober wieder hochgereicht und dann vom verzweifelten Vater mit einem tüchtigen Schuß Rotwein gestillt wurde. Ich glaube, eine Bildungsreise ins antike Hellas war für diese Kinder noch etwas verfrüht. Aber das mögen die Eltern mit sich ausmachen.

Etwas weiter speiste ein gequält lächelnder Deutscher mit sauertöpfischer Gattin und halberwachsener Tochter, die verstohlen zu einem Tisch fröhlicher und lautstarker Italiener hinüberlinste. Die Familie fuhr wohl nach Griechenland, weil alle Bekannten nur bis Süditalien reisten. Der Wunsch, weiter zu fahren als die anderen, ist nachweislich ein kräftiger Motor des modernen Fremdenverkehrs.

Auch die obligate Reisegruppe älterer Engländerinnen fehlte nicht und rechnete Pfunde in Lire, Lire in Drachmen und Drachmen wieder in Pfunde und Schillinge um, wobei die Damen jedes Zwischenergebnis mit einem Aufstöhnen zur Kenntnis nahmen.

Amerikaner waren nicht an Bord, die fliegen per Düse und kehren mit der schönen Vorstellung heim, daß die Akropolis neben dem Hofbräuhaus liegt.

Nach dem Abendessen wollte ich die blaue, sternklare Nacht in aller Ruhe genießen. Auf dem Oberdeck heulten aus zwei Lautsprechern die Beatles, und aus dem Salon drangen die Schreckensschreie eines Fernseh-Kriminalthrillers. Die Gäste wollten noch mal gründlich an der Mattscheibe nippen, nachdem sie gehört hatten, daß es in Griechenland kein Fernsehen gibt. (Nicht etwa, weil Griechenland die Wiege unserer Kultur ist, sondern weil sich niemand zur Finanzierung bereit findet.)

Musikdurchflutet rauschte das strahlende Schiff über das klippenreiche Meer des Odysseus, dem Lande Homers und der Callas entgegen.

Ein grausiges Geräusch schreckte mich am frühen Morgen aus dem Schlaf. Es klang, als würde der Schiffsrumpf der Länge nach von einer Klippe aufgerissen. Hatte etwa der von der Reederei auf dem Fahrkarten-Beiblatt vorgesehene Navigationsfehler stattgefunden? Nein, es war nur das Herunterrasseln der Ankerkette, denn wir legten kurz in Korfu an.

Auf dem grünbewachsenen Hügel, der den Hafen beherrscht, sind an einem gewaltigen Gerüst meterhohe, bunte Buchstaben befestigt: Eine Benzinfirma entbietet den Ankommenden ein herzliches «WELCOME TO GREECE!»

Die Fassade des größten Hafengebäudes ist in ebenso großen Lettern mit dem Willkommensgruß eines anderen Treibstoffherstellers geschmückt.

Der Eindruck, daß sich Griechenland im Besitz einiger Benzinfirmen befindet, verstärkt sich am späten Nachmittag bei der Einfahrt in den Hafen von Patras. Dort leuchten dem Fremden ebenfalls in grellbunten Buchstaben mineralölige Begrüßungen weithin entgegen. Auch der Touristen-Informationsstand auf unserem Schiff wurde von einer Benzinfirma bewirtschaftet.

Ich ließ mir alle Prospekte für Autoreisen in Griechenland geben, nur die Heftchen von Sparta und Lesbos wies ich zurück. Sparta war mir immer etwas unheimlich, weil dort die schwächlichen, zum Wehrdienst ungeeigneten Kinder ausgesetzt wurden. Ich war ein schwächliches Kind. Zu erklären, weshalb ich etwas gegen die wahrscheinlich sehr schöne Insel Lesbos habe, würde hier zu weit führen.

Der charmanten Auskunftsdame mit dem gestickten Benzinmarkenzeichen auf dem vollen Herzen verdanke ich wahrscheinlich mein Leben: Sie riet mir, nicht in der Dunkelheit nach dem über zweihundert Kilometer entfernten Athen zu fahren, sondern die Nacht in Patras zu verbringen. Wie recht sie hatte, sollte ich am nächsten Morgen merken.

Zunächst stellte ich fest, daß die Benzindame nicht nur mir den Rat gegeben hatte, sondern auch allen anderen Autoreisenden. Das führte zu einem Sturm auf die wenigen Hotels. Leute, die auf dem Schiff eine Luxuskabine mit Bad und Fernsehen bewohnt hatten, mußten mit tatortähnlichen Zimmern vorliebnehmen, in denen eine Glühbirne am Draht von der Decke baumelte. Alle Gäste äußerten vergeblich den Wunsch nach einer Garage. Der motorbewußte Tourist ist ja bereit, auf Stroh zu schlafen, wenn nur der Wagen gut untergebracht ist.

Wie soll man Patras beschreiben? Es sieht aus wie eine Garnisonsstadt aus den Balkan-Anekdoten Roda Rodas. Oder wie ein Schauplatz der «Maghrebinischen Geschichten» Gregor von Rezzoris. Mit einem Schuß Odessa, das ich nicht kenne, mir aber so vorstelle.

Die Einwohner zeigten sich überaus freundlich und hilfsbereit. In einer Apotheke wollte ich Fleckenwasser kaufen, denn ein Gepäckträger hatte mir mit seinem Karren eine Portion Wagenschmiere ans Hosenbein gewischt. Der Provisor mixte in Reagenzgläsern ein Fleckenwasser zusammen, das Fräulein von der Kasse kam mit einem Lappen, und dann machten sich beide über meine Hose her, bis der Fleck weg war. Geld wollten sie nicht annehmen. Und das auf einem Breitengrad, der noch unterhalb Neapels liegt.

Alle Neuankömmlinge litten unter Sprachschwierigkeiten. In der Schule gelerntes Altgriechisch nützt einem hier wenig. Ich hatte nur einen einzigen Satz aus der Sprache Homers im Gedächtnis, und der hieß übersetzt: «Ich höre den Lärm vieler Menschen und Pferde.» Er steht wahrscheinlich heute noch in den Schulbüchern, aber seine Anwendungsmöglichkeiten bei einer Griechenlandreise sind begrenzt und genügen keinesfalls zum Bestellen eines Abendessens.

Die Speisekarten des allen Fremden empfohlenen Restaurants waren mit der Hand in griechischer Schrift geschrieben, was sehr hübsch aussah, aber rätselhaft blieb. Die Deutschen versuchten, auf englisch das Ohr des Obers zu gewinnen, die Franzosen radebrechten italienisch, die Italiener kamen dem Kellner französisch, und dann kriegten alle ein Wiener Schnitzel mit Salat, ob sie wollten oder nicht. Aus der Küche wurde immer wieder laut «Sokrates» gerufen. So hieß der Kellner, und deshalb verziehen wir ihm.

Als ich mich am anderen Morgen auf den Weg nach Athen machte, begriff ich sehr bald, weshalb die Informationsdame auf der «Appia» von Nachtfahrten abgeraten hatte, obgleich im Griechenlandprospekt für Kraftfahrer der Hinweis stand: «Die Verkehrszeichen sind die gleichen wie im übrigen Europa.»

Das mit den Verkehrszeichen mag zutreffen, wo sie vorhanden sind. Aber in Kurven, die im übrigen Europa mit totenkopfbemalten Plakatwänden angekündigt werden, geht man hier manchmal völlig ungewarnt hinein. Ich sah Dreieckswarnschilder, nicht viel größer als ein Bikini-Unterteil. Und daß eine Fahrbahn als gesperrt gilt, wenn ein kommißbrotgroßer Felsbrocken in der Mitte liegt, ist nicht jedem bekannt.

Ein dünner Strich, der im gleißenden Sonnenlicht quer über die Straße läuft, ist eine Kette, die in Griechenland häufig die Bahnschranken ersetzt und beim Nahen eines Zuges von einer in der Nähe wohnenden Frau hochgezogen wird. Wer das nicht weiß, muß damit rechnen, daß sein Urlaub vorzeitig beendet wird. Derselbe Fall kann leicht eintreten, wenn man sich darauf verläßt, daß die Fahrer der wildschaukelnden antiken Lastkraftwagen den Blinker betätigen, bevor sie nach links ausbiegen. Meistens haben sie nämlich keinen. Wenn sie ihn doch haben, betätigen sie ihn selten, denn das rote Aufleuchten ist in dem gleißenden Sonnenlicht sowieso kaum zu sehen.

Es ist ratsam, beim Überholen hochbepackter Transportfahrzeuge das Schiebedach zu schließen. Es fällt leicht etwas herunter, und es soll schon vorgekommen sein, daß ein Tourist plötzlich einen Hammel neben sich im Auto sitzen hatte.

Unbesorgt kann man dagegen an den Gewehrmündungen vorbeifahren, die von den jagdfreudigen Griechen, quer auf dem Gepäckträger des Fahrrades befestigt, mitgeführt werden. Die Gewehrläufe liegen in Kopfhöhe der Fahrer von niedrigen Sportwagen, in Brusthöhe bei Limousinenbenutzern. Sie sind aber angeblich nie geladen.

In allen Dörfern liegen am Straßenrand schattige Literatencafés. Diesen Eindruck muß jedenfalls der Fremde gewinnen, wenn er bärtige Männer bereits am frühen Morgen diskutierend hinter türkischem Mokka und gefüllten Wassergläsern sitzen sieht. Es sind biedere Bauern, die sich über die letzten Dinge unterhalten, nämlich über Oliven- und Zitronenpreise.

Ich studierte alle griechisch gemalten Schilder, um mich mit der Schrift vertraut zu machen. Über einem Obstladen stand in großen Lettern der Name des Besitzers. Er hieß Kastritis, saß traurig hinter seinen Früchten und machte einen unverheirateten Eindruck.

Zwischen den Dörfern durchfuhr ich eine Landschaft, die sich seit Homers Zeiten nicht verändert hat. Gegenüber einer Tankstelle, die einsam an der Hauptstraße lag, entdeckte ich vor einer unscheinbaren Abzweigung ein blaues Schild mit einem Pfeil und der Aufschrift «Antikes Korinth». Doch weit und breit war nichts von der Stadt zu sehen, die als Paris des Altertums galt. Da donnerten mir aus Richtung Athen

Herrliche Autostraßen führen in Griechenland am Meer entlang. Die Markierung ist an einigen Kurven allerdings ungewöhnlich: Unter Zugrundelegung mitteleuropäischer Normen muß der Autofahrer annehmen, daß die hier gezeigte Straße schnurgerade über eine Kuppe hinunter zum Meer führt.

drei vollbesetzte Reisebusse entgegen und bogen in den Feldweg ein. Sie trugen die Aufschrift: «Klassische Viertagetour.» Da habe ich mich angehängt.

Die Fahrt ging über einige Hügel und einen Dorfplatz. Dann hielt die Kolonne vor einem Maschendrahtzaun. Dahinter lag die Antike.

Auf der Windschutzscheibe des ersten Busses klebte ein großes Schild: DEUTSCH. Das war nicht als Warnung zu verstehen, sondern sollte den Insassen den Weg zurück erleichtern. Die beiden anderen Busse waren mit ENGLISH und FRANÇAIS markiert. Die nach Klassik Dürstenden quollen heraus, vermengten sich aber nicht, sondern bildeten drei scharf getrennte Sprachgebiete unter dem Kommando jeweils einer Fremdenführerin.

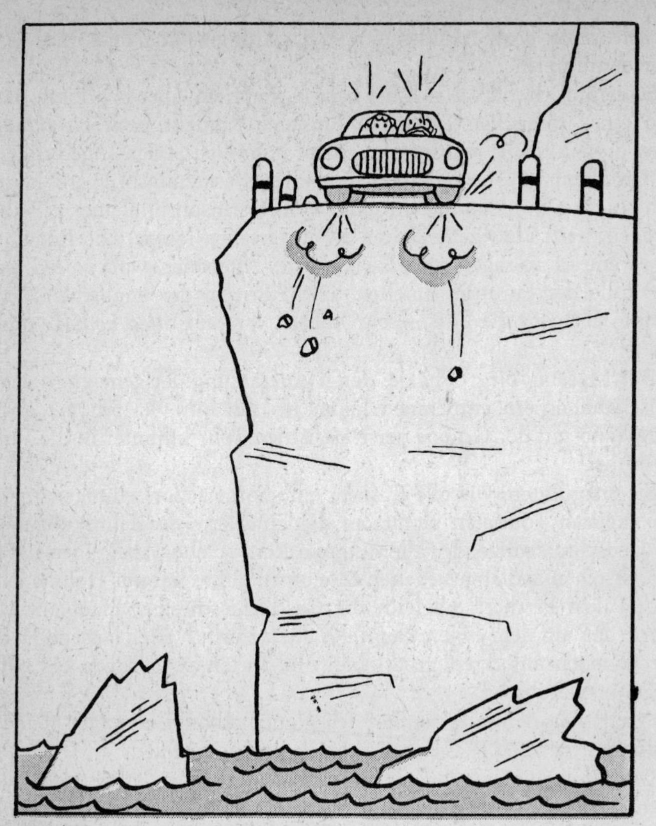

In Wirklichkeit geht sie aber in einer sehr scharfen Kurve um die Ecke. Vielleicht liegt es daran, daß die Griechen ein Seefahrervolk sind und stets das nächste Zeichen ansteuern. Für nichtsahnende Fremde kann eine so markierte Straße zu einer Abschußrampe ins Reich Poseidons werden.

Ich folgte der deutschen Gruppe. Plötzlich drehte sich die Führerin um, sah mich scharf an und sprach: «*You are in the wrong group, we are Germans!*» Fast hätte ich ihr recht gegeben, bremste mich aber und sagte: «Auch ich bin Deutscher und würde gerne an Ihrer Führung teilnehmen.»

Die Antwort der Dame war verblüffend: «Das ist nicht zulässig, wir sind eine geschlossene Gesellschaft!»

Hier spürte ich zum erstenmal ein Phänomen, das meine ganze Griechenlandreise überschatten sollte: Der Einzelreisende gilt im klassischen Lande der Individualisten als verdächtig, denn er stört den Ablauf der kollektiv-touristischen Maschinerie.

In gebührendem Abstand von den geschlossenen Gesellschaften betrat ich das Museumsgebäude am Eingang des Ruinengeländes und nassauerte ohne böse Absicht einige Erklärungen aus dem Munde der Fremdenführerin.

So erfuhr ich, daß es sich bei dem marmornen, aber kopflosen Standbild eines römischen Feldherrn um eine Konfektionsarbeit handelte, denn diese Modelle wurden ohne Kopf in großen Serien angefertigt. Die in Griechenland stationierten römischen Besatzungsoffiziere konnten sich so ein Ding kaufen und dann vom Garnisonsbildhauer mit ihrem eigenen, nach Maß gemeißelten Kopf versehen lassen. Die Römer waren, wenn ich so sagen darf, die Amis des Altertums, wobei die Griechen die Rolle der Europäer spielten. Die Führerin der englischen Gruppe nannte übrigens die Torsos sehr hübsch *«prefabricated bodies»* und errötete.

Das Museum birgt Schätze, deren Aufzählung der geneigte Leser den Reisehandbüchern entnehmen kann. Ich sah mir viel Schönes an und ging dann mit der Gruppe der Klassischen Tour hinunter in die Ruinen Korinths.

Sie erforderten, wie alle Ruinen, ein enormes Vorstellungsvermögen. Die meisten Touristen benutzten die Eindrücke des Films «Ben Hur» als Gedächtnisstütze, der allerdings in Rom spielte. Aber einen im antiken Griechenland angesiedelten Monumentalfilm hat uns Hollywood bis heute nicht beschert, obgleich die Geschichtsschreiber glaubhaft versichern, daß auf dem engen Raum des alten Korinth über tausend Hetären die Fremden anlockten, festhielten und in ein paar Tagen bis auf die Toga ausplünderten.

Ob das die Führerin wußte? Ich glaube schon. Sie wagte aber wohl nicht, der biederen Reisegesellschaft davon zu erzählen.

Das Vorstellungsvermögen der durch die Ruinen steigenden Damen wurde besonders stark angeregt durch den Hinweis, daß sich unterhalb des Apollo-Tempels einst zweiundsechzig *boutiques* befunden haben, gefüllt mit den Schätzen des Orients. Leider sind nur noch Fußböden, Ecksteine und einige Steinregale vorhanden. Trotzdem eilten, von urweiblichem Instinkt getrieben, viele Besucherinnen dorthin. Hofften sie etwa, noch einige vorchristliche Restbestände zu besonders günstigen Preisen erwerben zu können?

Der Ausgang des maschendrahtumzäunten Korinth liegt fünfhundert Meter vom Eingang entfernt und führt direkt in eine Bar, die mit einem Andenkenladen gekoppelt ist. Hier konnten die Reisenden ihren Bedarf an Salzstreuern mit aufgemaltem Parthenon-Tempel decken, eine Erfrischung zu sich nehmen oder vor einer kleinen Glastür Schlange stehen. Da die Schlange sich durch das ganze Lokal bis zum Andenkentresen hinzog, war vielen der Wartenden die Möglichkeit gegeben, das Angenehme mit dem Nützlichen zu verbinden. Die unmittelbar vor der Glastür Stehenden ließen sich durch Vermittlung der rückwärts Wartenden die Andenken zureichen.

Dieses Bild zeigt den komplizierten geistigen Prozeß des Hochdenkens nichtvorhandener Säulen. In Griechenland wird unendlich viel gezeigt, was schon lange nicht mehr vorhanden ist.

Als das erste Drittel der Schlange sich die kleine Tür gegenseitig in die Hand gegeben hatte, hupten die Omnibusse zur Abfahrt. Der Rest mußte, wenn ich so sagen darf, unverrichteterdinge abziehen. Aber ein Andenken hatte jeder.

Ich trank in Ruhe meinen Kaffee, denn das ist der einzige Vorteil, den der Einzelreisende gegenüber dem Gruppenreisenden genießt.

Über der Theke hingen Reproduktionen antiker Bildwerke, darunter ein herrlicher Apollo. Daneben hing auf einem Ehrenplatz das schwarzgerahmte Foto eines schnauzbärtigen Herrn im Sonntagsanzug. Das war der verblichene Besitzer des drachmenträchtigen Etablissements. An Hand der Fotos konnte der Beschauer eine zweitausendjährige Entwicklung verfolgen.

Kurz darauf fuhr ich über den Isthmus von Korinth, der nicht etwa eine Kunstrichtung, sondern eine schmale, von einem Kanal durchstoßene Landbrücke ist.

Ich war in Attika!

Rechts glitzerte der Saronische Golf in tiefem Blau, und auf dem Asphalt leuchtete ein weißer Streifen, der die Fahrbahnen trennen sollte. Hin und wieder verlief er in seltsamen Zickzack-Linien. Sollte das ein Überholverbot bedeuten?

Aber nein: Der Asphalt war durch die Sonnenhitze stellenweise in Bewegung geraten und hatte den weißen Strich verschoben. Gefährlich wird das allerdings erst, wenn die weißen Linien bei Höchsttemperaturen bis an den Rand des Abgrundes, mit dem fast jede griechische Straße auf einer Seite versehen ist, abgebogen werden.

Kurz vor Athen stand an einer trostlosen Ortseinfahrt ein Schild mit der Aufschrift «Eleusis». Hier war also der Schauplatz der antiken Mysterien.

Neben dem Schild handelte ein Grieche mit alten Autoreifen. Dahinter sonderten sieben gewaltige Schornsteine dicke Wolken graugelber Dämpfe ab. Am Ortsende stand ein großer Wegweiser zur Kaserne eines Fallschirmjäger-Regiments, Eleusische Elitetruppen. Ohne anzuhalten fuhr ich weiter und träumte von den Champs-Élysées, wo der wache Geist der Antike weitaus spürbarer weht als hier in Eleusis.

Und dann leuchtete mir endlich im Schein der Abendsonne die Akropolis entgegen. Ich hielt an und dachte, ohne mich literarischer Kenntnisse rühmen zu wollen, an den Satz Victor Auburtins (nicht der mit den Olympischen Spielen, der hieß Coubertin): «Das bißchen Licht, das auf unseren kümmerlichen Planeten fiel, kam von dieser Ortschaft!»

Diese Reportage kann und soll keinen Überblick über die Schönheiten Griechenlands geben. Die sind bekannt und in vielen Büchern nachzulesen. Ich will nur diejenigen, die mit dem Auto reisen, über die wichtigsten Nebensächlichkeiten unterrichten.

Also: Das Parkproblem wurde in Athen restlos gelöst, denn das Parken ist generell verboten. Wo ich auch anhielt, überall wurde ich freundlich, aber bestimmt von den Taxifahrern verscheucht, denen anscheinend die Nutzung aller Straßenränder überlassen wurde. Athen hat von allen Hauptstädten Europas die meisten engen Straßen, aber die breitesten und größten Taxen, meistens amerikanischer Herkunft. Der Sinn für vernünftige Proportionen, der einst den Ruhm Athens ausmachte, ist wohl verlorengegangen. Als sich ein solches Taxi-Ungetüm im Verkehrsgewühl an mir vorbeischob, dröhnte es blechern: Der Fahrer schlug wie wild mit der flachen Hand auf das Außenblech seiner Tür, denn in Athen ist das Hupen verboten.

Mehr als eine Stunde kurvte ich verzweifelt suchend umher, bis ein freundlicher Grieche zu mir in den Wagen sprang und mich zu einem Platz führte, auf dem Autos parken dürfen, vorausgesetzt, daß sie ein ausländisches Kennzeichen haben.

«Ist das der einzige Parkplatz von Athen?» erkundigte ich mich bei meinem Begleiter.

«O nein», sagte er, «in den Vororten dürfen Sie überall parken.»

Ein schwacher Trost.

Ich sah mir an einer Hauswand das griechisch gemalte Namensschild dieses Platzes genau an, um ihn nicht zu vergessen. Das Schild sah so aus:

ΠΑΠΡΗΓΟΠΟΥΛΟΥ

Ich hoffe, zukünftigen Athenfahrern damit einen wertvollen Tip gegeben zu haben.

Ich fragte meinen liebenswürdigen Nothelfer, ob er mir eine Garage nennen könne. «Die sind jetzt während der Hochsaison alle besetzt. Es sind aber eine ganze Reihe Großgaragen im Bau, im Winter sind sie fertig!» So lange konnte ich nicht warten.

Der gute Mann setzte mich in eine Taxe, damit ich die Hotels abfahren konnte, denn das sagte er mir gleich: Ein Zimmer wird schwer zu bekommen sein. Zum Abschied gab er mir noch den Hinweis: «Zahlen Sie dem Chauffeur nur, was die Uhr anzeigt, und höchstens zwei Drachmen Trinkgeld!»

Zwei Drachmen sind etwa dreißig Pfennig. Der Fahrer, der offenbar Deutsch verstand, warf seinem Landsmann einen Blick zu, der deutlich ausdrückte: «Du hundsgemeiner Landesverräter!»

Ich fuhr von Hotel zu Hotel. Alle besseren Herbergen waren von Reise- und Fluggesellschaften etagenweise auf zwei bis drei Monate vorbestellt. Dieser Art Kundschaft geben die Hoteliers den Vorzug, weil die Gäste pünktlich und zu sechzig Stück gebündelt angeliefert werden, alle gleichzeitig aufstehen, frühstücken, zu Stadtbesichtigungen fahren, das vorgeschriebene Menü essen und niemanden mit dummen Fragen belästigen, denn dafür haben sie einen Reiseleiter mit. Der Einzelreisende ist nicht mehr eingeplant. Er ist Sand im Getriebe des Tourismus, weil er aufsteht, wann es ihm paßt, essen will, was ihm schmeckt, und damit den ganzen Betrieb aufhält. Wanderer, kommst du nach Athen, komme im Haufen!

In der Nähe des volkreichen Omonia-Platzes fand ich endlich ein

Zimmer. Über einer Garküche, aus der brutzelndes Hammelfett in Schwaden zum Himmel zog. Außerdem war die Gegend voller Duftmischungen mit starker Knoblauchkomponente. Man scheint aber etwas dagegen zu unternehmen, denn ich sah einen Wagen mit der Aufschrift «Air-Police» durchs Viertel fahren.

Mit einem Taxi holte ich mein Gepäck, um den Parkplatz nicht zu verlieren. Dann bummelte ich durch südländisch bewegtes Menschengewimmel und wurde für alle Strapazen entschädigt. Erst ohne Auto wird man Mensch.

Kringelhändler balancierten ihre seit zwei Jahrtausenden gleichgebliebene Backwerksform, auf kleinen Brettchen kunstvoll aufgetürmt, durchs Gedränge, Losverkäufer mit Großlautsprechern in der Kehle trugen, wenn man ihren Versprechungen glauben durfte, ausschließlich Haupttreffer an Besenstielen befestigt, am Boden sitzend boten Kammhändler ihre auf dem Pflaster ausgebreitete Ware an, und vor dem Portal einer Bank handelten drei wie Onassis aussehende Gewerbetreibende mit Brieftaschen. Einen besseren Standplatz für diesen Geschäftszweig dürfte es kaum geben.

An dem Prachtgebäude stand in Goldbuchstaben «TRAPEZ», das griechische Wort für «Bank». Bankgeschäfte sind also Trapezakte, und das kann wohl jeder Volksaktien-Besitzer aus vollem Herzen bestätigen.

An einem der vielen Kioske, deren Artikel-Sortiment dem eines mittleren Warenhauses entspricht, sah ich in großen Lettern den Namen einer bekannten deutschen Zigarettenmarke. Ich verlangte ein Päckchen und bekam Zahnpasta. Andre Länder, andre Waren.

In den Läden mit Rundfunkgeräten und Schallplatten gab es auch Gewehre und andere Schußwaffen, mit denen man sich nach dem alten Spruch «Ein scharfer Schuß zur rechten Zeit – schafft Ruhe und Gemütlichkeit» gegen aufdringliche Lautsprecher schützen kann. Daß im gleichen Laden zwei so verschiedene Artikel angeboten werden, ist für den Fremden zunächst überraschend, aber nach einigem Überlegen einleuchtend.

Durch die Athinai-Straße, wo die kleinsten Juweliergeschäfte der Welt (vierzig mal vierzig Zentimeter große Vitrinen, mit dem Händler auf einem Schemel) am Straßenrand stehen, wanderte ich zur Altstadt.

Nirgends in der Welt kann man sich so leicht den Fuß verstauchen wie hier. Die Bürgersteige, über die sich die dichtgedrängte Menge schiebt, sind voll tiefer Frostaufbrüche, die es im griechischen Klima doch eigentlich gar nicht geben kann. Aber die Löcher sind da. Immer wieder stolperte ich, während die Einheimischen die Füße mit der traumwandlerischen Sicherheit von Bergziegen setzten.

Man vermeide, in Alt-Athen dicht an den Hauswänden entlang zu gehen. Der nichtsahnende Fremde fällt dabei leicht in Keller, denn die Treppen zum Souterrain gehen ungeschützt ein Stück in den Gehsteig hinein. Diesem architektonischen Kniff verdanken die in den Kellern etablierten Gewerbetreibenden einen Großteil der wirklich zufällig hereinkommenden Kundschaft.

In der Straße der Schmiede, wo seit der Antike ohne Unterbrechung die Essen glühen und wo die Schwerter für die Schlacht bei Marathon geschmiedet wurden, stellt man heute hauptsächlich Bratspieße und Grills her. Außerdem gibt es hier einen Trödelmarkt, wo man eine reelle Chance hat, für Maschinenmodelle von der Jahrhundertwende bis zurück zum Ausgang des Mittelalters Original-Ersatzteile zu bekommen.

Vor seiner Werkstatt beobachtete ich einen Hephästos-Schüler bei der Herstellung des seltsamsten Gefährtes, das ich je sah: Er hatte an eine alte, verrostete Badewanne Räder genietet und befestigte gerade am Wannenrand die Deichsel für einen Maulesel.

Die Altstadt «Plaka» lehnt sich an den steil abfallenden Nordhang der Akropolis. Die letzten Häuserreihen sind ärmlich und verfallen. Traurig sitzen die Besitzer abends vor ihren Türen. Sie könnten alle Millionäre sein, denn das Viertel schließt sich unmittelbar an das Geschäftszentrum an, und die Grundstücksmakler haben den Leuten bereits Unsummen für ihren Grund und Boden geboten. Aber der Staat verbietet den Verkauf, um dort eventuell eines Tages Ausgrabungen zu veranstalten. Man vermutet unter den Elendshütten noch manches vom alten Athen. Nun darben die Besitzer für die Archäologie, ein seltsamer Fall unfreiwilligen Mäzenatentums.

In diesem Stadtteil liegen auch die berühmten Tavernen. Die am geschicktesten auf die Bedürfnisse des Fremdenverkehrs zugeschnittene Kneipe heißt «Bacchus».

Sie ist von oben bis unten mit Antiquitäten dekoriert: An den Wänden hängen dicht an dicht Dolche, Petroleumlampen, Telefone der Jahrhundertwende, Schleppsäbel, Epauletten, Vorderlader, zwei alte Nähmaschinen und bäuerliche Wäschestücke von bestechender Einfachheit. Alle diese Gegenstände sollen dem Gast einen Hauch des alten Hellas vermitteln. Dort habe ich unterhalb der angestrahlten Akropolis den berühmten Fischspieß, gewürzt mit Koriander und durchsetzt mit Lorbeerblättern, mit großem Appetit verzehrt und dazu geharzten Retsina-Wein getrunken. Der schmeckt wie kleingehackter Weihnachtsbaum und ist mit Recht nicht jedermanns Sache.

Drei Gitarristen spielten dazu alle zwanzig Minuten das Lied aus dem Film «Sonntags – nie», von dem Schiff, das kommen und Kundschaft bringen wird.

An der Lokalmauer zwitscherten Kanarienvögel in Käfigen, die die Namen prominenter Gäste trugen. Die Vögel hießen «Maria Callas», «Rock Hudson», «Liz Taylor» und ähnlich prominent. Nur die ganz Großen dieser Erde können von sich behaupten: «Ich hab noch einen Vogel in Athen!»

Kenner der Fremdenindustrie rechnen damit, daß hier eines Tages ein amerikanischer Hotelkonzern, der gerade einen Wolkenkratzer unter die Akropolis setzt, den geheimen Wünschen seiner Gäste noch weiter entgegenkommt. Dann wird man Tavernen finden, in denen der Gesellschaftsreisende unter Säulen auf klassischen Ruhebetten speist, sich von als Hetären verkleideten Kellnerinnen die Wein-Amphora reichen und dabei von der Gattin auf den Rollfilm bannen läßt.

Des wirklich süßen Weines voll wanderte ich zum Omonia-Platz zurück, wo sich die Griechen zu versammeln pflegen, wenn sie eine Revolution machen wollen. Das wußte ich aus dem Reiseführer. Ich wußte aber nicht, daß gerade an diesem Abend dort größere Krawalle stattfanden. Leider erlebte ich nur die letzte Phase, nämlich das Abräumen des Platzes durch die Polizei mit Hilfe von Tränengasbomben. Es waren die ersten meines Lebens. Weinend erreichte ich das Hotel und fragte den ebenfalls weinenden Kellner der Garküche, was denn eigentlich los sei. Er wischte sich mit der Serviette die Tränen ab und sagte nur ein Wort: «Demokratie!»

Als das Kampfgetümmel vorbei war, konnte ich tränenden Auges eine rührende Szene beobachten: An einem der Telefonapparate, die außen an jedem Zeitungskiosk offen angebracht sind, telefonierte ein gerade seinen Holzknüppel einsteckender Polizist. Er teilte der besorgten Familie mit, daß er den Krawall gesund überstanden habe. Hinter ihm wartete ein Demonstrant mit einer gewaltigen, farbig leuchtenden Beule auf der Stirn, um seinen Angehörigen dasselbe zu sagen. Friedlich standen Polizist und Opfer beieinander. Beide weinten, denn das Tränengas wirkte auf Gerechte und Ungerechte. Ein schönes Beispiel von angewandter Demokratie. In Griechenland wurde einst die Demokratie erfunden. Sie brachte einen allerdings damals noch nicht mit Tränengas zum Heulen.

Das Gas biß hundsgemein in den Augen und verzog sich nur sehr langsam. Ich weinte noch etwas mit dem Hotelportier, der mir für den nächsten Tag eine sogenannte «Kondensierte Athen-Tour» empfahl. Akropolis, Stadion, Zeustempel, Museum und Kathedrale – alles in nur vier Stunden.

Das Tränengas war auch in die Zimmer gedrungen. Ich weinte mich in den Schlaf.

Kondensiertes Athen! Ich habe diese Tour mitgemacht. Doch das ist ein Kapitel für sich.

Wenn es nackt wird in Paris

Eine kurzsichtige Engländerin stand auf dem Bart des Komponisten Giuseppe Verdi. Ein Japaner ging im Bogen um den heiligen Georg herum, der mit einem feuerspeienden Drachen kämpfte. Eine üppige Spanierin in rotseidenem Abendkleid mit schneeweißer Hermelinstola stand neben ihrem Caballero vor einer lindgrünen Badewanne, und ein eleganter Neger betrachtete versonnen ein schwarzes Bidet. Ein Amerikaner warf Kleingeld auf die Straße.

Diese Szene habe ich nicht etwa einem surrealistischen Roman entnommen, sondern an einem schönen Herbstabend selber erlebt. Es war gegenüber der Madeleine (der Kirche) in Paris, wo sich in einem Eckhaus ein großes Spezialgeschäft für Badezimmereinrichtungen befindet. Vor den Schaufenstern hatte ein Pflastermaler den italienischen Tonsetzer und den heiligen Georg mit bunten Kreiden aufs Pflaster gemalt. Nebenan befand sich ein Reisebüro, vor dem ein kleiner Mann stand und mir zurief:

«Paris bei Nackt – Abfahrt neun Uhr dreizick!» Weil der Franzose das «ch» in «Nacht» nicht aussprechen konnte, traf er genau den Kern der Sache. Neben dem Parterre-Gemälde des heiligen Georg stand ein Plakat:

«Das interessanteste Nachtleben der Welt! Besuchen Sie mit uns einen echten Apachenkeller an der Bastille, eine romantische Taverne im Quartier Latin, ein elegantes Strip-tease-Cabaret in Montmartre und die weltberühmte Lido-Revue an den Champs-Élysées! Paris bei Nacht für 90 Neue Francs, alles inklusive!»

Das dick unterstrichene «alles inklusive» veranlaßte mich, zuzugreifen. 90 neue Francs sind etwa 72 DM. Das ist natürlich viel Geld, aber soviel kostet normalerweise schon der Besuch des «Lido» allein. Ich kaufte ein Billett und ließ mir eine Quittung geben, die ich inzwischen mit Erfolg dem Finanzamt vorgelegt habe.

Ich habe die «Tour» mitgemacht, obgleich ich Paris sehr genau zu kennen glaube. Aber ich wollte einmal wissen, wie eine strafforganisierte, nepp- und abenteuersichere «Paris-bei-Nacht»-Rundfahrt für eilige Transitgäste aussieht.

Der Omnibus füllte sich schnell mit Nachtlebenshungrigen aus aller Herren Ländern. Außer den Gästen, die schon vor den sanitären Anlagen warteten, kamen noch ein Inder mit Sari-geschmückter Gattin, drei Japaner, einige Rheinländer sowie ein siamesisches Ehepaar, das aber nicht zusammengewachsen war. Und natürlich die aus keinem Fremdenverkehr mehr wegzudenkenden amerikanischen Witwen mit den bekannten Blumenhütchen.

Über dem Fahrersitz hing eine hellerleuchtete Küchenuhr, die in dieser Nacht eine sehr wichtige Rolle zu spielen hatte, denn die uns versprochenen fünf Stunden Nachtleben waren auf die Minute durchgeplant.

Punkt 21 Uhr 35 donnerte der Bus über die Place de la Concorde. In rasender Fahrt ging es an der Seine entlang. So wenig habe ich noch nie von Paris gesehen. Der Fremdenführer neben dem Chauffeur nahm das Mikrofon und verkündete, daß die erste Attraktion des Abends ein Apachenkeller an der Bastille sei. Darauf sang der Bundesdeutsche neben mir laut und fröhlich «Allongsangfangs alla Bastihieje!».

Die Küchenuhr zeigte 21 Uhr 52, als wir mit quietschenden Bremsen in einer dunklen und menschenleeren Straße hinter dem Bastille-Platz hielten. Im Geschwindschritt trabten wir in eine noch dunklere Seitengasse, immer hinter dem Fremdenführer her, der seinen Arm wie eine Standarte hochhielt.

Vor dem Eingang des «Petit Balcon», in dem angeblich die *mauvais garçons*, die schweren Jungen der Pariser Unterwelt, verkehrten, stand bereits eine dicke Touristentraube. Wir stellten uns dazu.

Plötzlich drang aus einer Nebengasse aufgeregtes Trappeln. Es klang, als ob ein Dutzend Polizisten eine fliehende Verbrecherbande verfolgte. Ich wollte in Deckung gehen, aber da kam die wilde Jagd schon um die Ecke: Es war eine verspätete Omnibusladung von Nachtlebens-Aspiranten. Wegen der Enge der Gasse müssen die Omnibusse nämlich zwei Straßen weiter parken.

Als wir hereingelassen wurden, war das Apachenlokal bis auf den letzten Platz leer. Mit vier Omnibusladungen wurde es knallvoll. Wir Touristen waren ganz unter uns. Das Etablissement wird von den Reisebüros betrieben, die ihre Gäste nicht den Gefahren eines echten Apachenkellers aussetzen möchten.

Jeder Besucher bekam etwas Weißwein in einem Glasformat, das ich bisher nur aus der Puppenküche meiner Tochter kannte. Dann legte die Musette-Kapelle los, und die erste Apachin im seitlich bis zur Taille geschlitzten Rock trat auf. Sie strich (womit wohl alles über ihren Gang gesagt ist) an den Kunden entlang und setzte sich mit untrüglichem Sinn für Qualität auf die Knie eines Rheinländers, legte ihm die Arme um den Hals und drückte einen Kuß auf die Hochkonjunkturstirne. Der Kopf des Herrn nahm die Farbe eines frischgekochten Hummers an, seine Gattin kreischte vor Lachen. Aber da nahte der Herr Apache persönlich, mit Schiebermütze und quergestreiftem Pullover. Mit gutgespielter Eifersucht forderte er seine Halbwelt-Genossin auf, sofort das rechtsrheinische Knie zu verlassen. Sie hustete ihm was, worauf der Apache drohend seinen Bizeps zeigte.

Die zweistöckigen Cityrama-Aussichtsbusse fahren allnächtlich über die Place Pigalle. Bei der hier gezeigten Herrengesellschaft handelt es sich nicht etwa um einen Ziegenzuchtverein aus der Provinz. Der seltsame Bocks-Effekt wird durch die Bügel der Kopfhörer verursacht, mit denen jeder Sitz ausgestattet ist, damit die Gäste den Erklärungen des Reiseleiters lauschen können. Wer diesen Omnibus vorbeifahren sieht, denkt unwillkürlich: Was mögen wohl die Gattinnen jetzt treiben?

Dann schickte er sich an, das Mädchen mit Gewalt vom bundesdeutschen Wohlstandsschoß zu entfernen. Als sie aber einen Tausend-Francs-Schein aus dem Netzstrumpf zog und pflichtbewußt ablieferte, ließ er sie in Ruhe. Die aus allen Ländern herbeigeströmten Zuschauer hatten das prickelnde Gefühl, ein echtes Stückchen uralten französischen Brauchtums am eigenen Leibe mitzuerleben.

Der Pseudo-Unterweltler steuerte auf eine appetitliche Engländerin zu und beflirtete sie heftig. Da sprang die Apachin auf und trat ihm mit spitzem Schuh rasant ins Gesäß, von einem präzisen Paukenschlag der Kapelle untermalt.

Schmerzerfüllt und wutentbrannt drehte der Betretene sich um und schmiß das lose Mädchen über die Schulter aufs Parkett. Mit Fußtritten rollte er das wimmernde Bündel zum Ausgang.

Als der Apache sich für den Applaus des Publikums bedankte, schlug ihm das wiederhochgekommene Mädchen von hinten einen Stuhl über den Kopf, wobei die Sitzfläche (des Stuhls) zersplitterte.

Sie floh, er schmiß eine Schnapsflasche, die aber ihr Ziel verfehlte und im laut aufkreischenden Publikum landete. Die Flasche war aus Schaumgummi. Ich wurde den Verdacht nicht los, daß bei dieser Schau ein deutscher Lustspielfilm-Regisseur seine Hand im Spiel hatte. Es war alles so echt.

Eine neue Netzstrumpf-Schönheit trat hüftwackelnd auf und blieb ausgerechnet vor mir stehen.

Die Kapelle spielte einen Musette-Walzer, das Mädchen zog mich zum Tanz aufs Parkett.

Unter dem Jubel der Zuschauer schob sie meine Hand, die ich vorschriftsmäßig auf ihrem Rücken oberhalb der Taille deponiert hatte, bis zu einer Stelle eine Handbreit unterhalb der Gürtellinie. Während wir auf einer Fläche von der Größe einer Schallplatte den Valse Musette drehten, kam der Beschützer dieser Fremdenverkehrsförderin und machte seine Rechte geltend, indem er mich auf den Stuhl drückte und das Mädchen auf den Boden schmiß. Sie wollte aber nicht von mir lassen, umklammerte meine Beine und im Sturm der Leidenschaft auch die des Stuhls.

Der Apache packte ihre Fußknöchel und zog das Mädchen mitsamt dem Stuhl, auf dem ich saß, quer über das Parkett. Ein so großer Lacherfolg war mir in meiner langjährigen Humoristenlaufbahn noch nie beschieden.

Man ließ von mir ab. Nach einem Cancan trieb die Vorführung ihrem Höhepunkt zu: Eine Apachin verlor ihren Rock, ließ sich von einem genierten Gast die Korsage lockern und machte den Oberkörper frei. Den zeigte sie dann mit aus statischen Gründen hochgehobenen Armen nach allen Seiten herum.

«Das ist Paris!» hörte ich von mehreren zufriedenen Touristen, als wir das Etablissement verließen. Vor der Tür wartete bereits ein kräftiger Besuchernachschub: Halbstündlich wird von den Reisebüros neu angeliefert.

Als wir unseren Fremdentransporter wieder bestiegen, zeigte die Küchenuhr 22 Uhr 32.

Punkt 22 Uhr 45 kamen wir planmäßig vor einem alten Fachwerkhaus gegenüber von Notre-Dame an, mußten aber vier Minuten drau-

Wenn im Apachenkeller «Petit Balcon», einer Hochburg des Omnibus-Tourismus, die Apachenbraut in vorbildlich unterwürfiger Körperhaltung sich bei ihrem legitimen Beschützer dafür entschuldigt, daß er sie soeben verhauen mußte, reagieren die umsitzenden Herren, einem Urinstinkt folgend, ganz anders als ihre mitgebrachten Damen.

ßen warten, weil Cooks Reisebüro Verspätung gehabt hatte und das Lokal «Les Oubliettes» blockierte.

Über eine steile Wendeltreppe ging es hinab in ein Gewölbe, das im Mittelalter als Gefängnis gedient haben soll. Von den Wänden baumelten Ketten und Halseisen. An der Stirnseite des Raumes hing auf rotem

Samt gebettet und von Scheinwerfern angestrahlt ein Meisterwerk mittelalterlicher Schmiedekunst: ein echter Keuschheitsgürtel, liebevoll gehämmert und fein ziseliert.

Unter diesem Emblem gehemmter Fröhlichkeit sang eine als Burgfräulein verkleidete Chansonette scharf gewürzte Refrains, die aber nur für Franzosen oder französisch sprechende Gäste verständlich waren. Trotzdem unterhielten sich die Fremden ganz ausgezeichnet, denn alle Blicke hingen, wie ich beobachten konnte, an dem mit vielen rätselhaften Scharnieren versehenen Gegenstand auf dem roten Samt. Technischen Problemen nachsinnend, betrachteten Männlein und Weiblein unverwandt die mittelalterliche Zweckform.

Jeder Gast bekam zur Aufmunterung einen Liliputaner-Cognac. Größer hätten die Gläser sowieso nicht sein dürfen, denn die Bevölkerungsdichte in diesem Keller betrug fünf Personen pro Quadratmeter.

Allgemein verständlich wurde das Programm erst, als Wirt und Wirtin sich gotisch gekleidet aufs Podium stellten und singend verkündeten, daß sie für ihre nebenstehende Tochter einen Mann suchten. Einen Gast nach dem anderen boten sie unter Besingung aller seiner Vorzüge dem Mädchen an. Sie schrie aber nur jedesmal verzweifelt auf: «Nein, den nicht, niemals!» Die Gattinnen der betreffenden Herren kamen fast um vor Lachen.

Als das Mädchen bereits das achte Angebot heulend weit von sich gewiesen hatte, riß dem Vater die Geduld: «Wir haben dir die besten Männer angeboten, die es gibt! Jetzt suche dir gefälligst selber einen!»

Glückstrahlend sang sie: «Für mich gibt es nur einen, und das ist dieser . . .» Sie schob sich durch das Lokal und – ich kann es dem Leser nicht ersparen, aber ich wirkte an diesem Abend anscheinend ganz besonders stark auf Frauen – blieb vor mir stehen. Unter völlig unbegründetem Gelächter der Umsitzenden nahm sie meine Hand und zog mich zum Podium.

Die Eltern schlugen verzweifelt die Hände über dem Kopf zusammen. Das Mädchen nahm mich zärtlich in die Arme und besang zunächst meine Haarpracht (sie ist sehr stark gelichtet, aber geschickt gekämmt), meine zierlichen Ohren (sie haben Übergröße und stehen im Winkel von neunzig Grad zum Kopf), meine edle Nase (sie ist ausgesprochen Stups) und viele andere, nicht so offen daliegende Vorzüge. Ich wurde rot bis unter die wenigen noch vorhandenen Haarwurzeln. Wer rechnet schon damit; wenn er «Paris bei Nacht» mitmacht, daß er in einer Schaunummer mitwirken muß? Ich wollte mich verdrücken, aber meine Braut linker Hand hielt mich zurück: «Monsieur, haben Sie denn keinen Humor?»

Das saß.

Unter den Klängen eines Hochzeitsmarsches drückte mir der Wirt eine wassergefüllte Babypuppe in den Arm. Es tropfte mir zwischen den

Fingern durch. Das Publikum jubelte. Der Wirt hatte offensichtlich bei Millowitsch gelernt, was «ankommt». Er fing einige Tropfen auf, rieb sie auf meinen Kopf und sang dabei: «Das ist das Beste für den Haarwuchs!»

Die Leute haben über diesen feinsinnigen Scherz gelacht, daß der Kalk von den Kellerwänden rieselte. Gequält grinsend verließ ich die momentane Gattin, denn mein vorgesetzter Fremdenführer beorderte seinen Haufen nach draußen.

23 Uhr 30 zeigte die Küchenuhr im Omnibus, als wir vor dem angeblich eleganten Strip-tease-Cabaret in Montmartre hielten. Hier sollte uns die Kunst des Sich-Ausziehens, die ja das nackte Rückgrat der Vergnügungsindustrie aller zivilisierten Länder ist, in höchster Vollendung gezeigt werden.

Der Fremdenhirte trieb seine Herde an Hochglanz-Aktfotos vorbei in einen scheunenartigen, verräucherten Saal.

Auf der Bühne stand eine dicke Marktfrau und sang ein sehr ordinäres Lied. Sie wurde am Klavier begleitet von einem kleinen Männchen mit Zwicker, das auch schon bessere Lokale gesehen hatte. Am Schluß des Chansons riß sich die Sängerin die Perücke vom völlig kahlen Schädel, öffnete die Bluse, zog einen falschen Busen heraus und schwenkte ihn triumphierend durch die Luft. Nun ist ein Damen-Imitator ja wohl das letzte, was man in einem Strip-tease-Lokal erwartet.

Jeder Teilnehmer der «Paris-bei-Nacht»-Tour bekam ein Schnapsglas voll Wein. Man konnte diesen Abend ohne Übertreibung als Nachtleben-Trockenkursus bezeichnen. Ich möchte jedem, der sich auf Grund meines Berichtes zu einer solchen Rundfahrt entschließt, zur Mitnahme einer wohlgefüllten Feldflasche raten.

Nach dem Damen-Imitator kam ein Herr im Pullover auf die Bühne und kündigte «La belle Sofia in ihrem atemberaubenden Strip-tease» an.

Der Zwickermann am Klavier verschwand, ein Tisch, der mit einem Bärenfell bedeckt war, wurde an die Rampe geschoben, und zu den Klängen der «Unvollendeten» von Schubert (Aufnahme der Wiener Philharmoniker) kam «la belle Sofia» auf die Bühne. Sie hatte einen Blick, wie ich ihn bisher nur von den abgekochten Kalbsköpfen in den Pariser Markthallen kannte.

Während im fernen Wien der Schubert-Franzl leise im Grabe rotierte, untermalte seine bestimmt nicht dafür gedachte Musik hier in der Seine-Metropole das Fallen von Textilien.

Ich bin der letzte, der wegguckt, wenn ein hübsches Mädchen nichts mehr anhat. Aber «la belle Sofia» betrieb ihre fremdenverkehrsfördernde Tätigkeit so, als wäre sie nicht auf einer Cabaretbühne, sondern beim Arzt. Dieser Eindruck wurde noch verstärkt, als sie sich auf das Bärenfell legte und mal das linke, mal das rechte Bein in die Luft streck-

Dieser Lieferwagen einer Firma, die Patentkochtöpfe herstellt, führt bei vielen Touristen zu völlig falschen Gedankenverbindungen. Wer des Französischen einigermaßen mächtig ist, weiß: «Cocotte» heißt «Kochtopf».

te, wobei sie sich mehrfach umbettete, damit auch alle was davon hatten. Dabei streichelte sie immer wieder ihre Leberpartie, als ob sie einem imaginären Onkel Doktor sagen wollte: «Da tut's weh!»

Weil Schubert seine «Unvollendete» nicht vollendete, mußte Sofia vorzeitig mit der Hampelei aufhören und hinter der Bühne verschwinden. Der Japaner neben mir seufzte: «*That's Paris* – das ist Paris!»

Ich hätte ihm gern widersprochen, aber da schlug bereits der Zwickermann aufs neue in die Tasten und begleitete den Auftritt eines mitleiderregenden alten Chinesen, der zwanzig Meter farbiges Klopapier an zwei Bambus-Stöckchen befestigt hatte und damit abstrakte Figuren in die ziemlich dicke Luft wedelte. Man merkte den von diesem vollendet dargebotenen Akt gelangweilten Zuschauern deutlich an, daß sie wegen anderer Akte und Figuren hergekommen waren. Ich habe als einziger kräftig applaudiert, denn was konnte der arme Sohn des Himmels dafür, daß er nicht als Nackttänzerin auf die Welt gekommen war.

Bei dieser Gelegenheit möchte ich vorschlagen, Nackttänzerinnen in Zukunft lieber schlicht «Nacktzerinnen» zu nennen, denn das Tänzerische ist irreführend und meistens nicht vorhanden.

Der Zwickermann räumte das Klavier, was wörtlich zu verstehen ist, denn er nahm sein Bierglas mit. Und nun erklang von einer Schallplatte Tschaikowsky-Musik.

Eine Dame, deren Künstlername mir entfallen ist, trat in großem Abendkleid und mit einem kleinen Pinscher unter dem Arm auf die Bühne. Das hatte mir gerade noch gefehlt, eine Hundenummer als Höhepunkt von «Paris bei Nacht».

Ein müder deutscher Schäferhund schlich auf die Bühne und setzte sich lustlos an die Rampe. Wider Erwarten wurde es dann doch eine Striptease-Nummer: Das Mädchen zog den Rock aus und deckte damit den Schäferhund zu, wobei sie durch eine mimische Glanzleistung zu verstehen gab, daß sie sich vor dem Hund genierte. Aus demselben Grund tat sie den Pinscher in einen Deckelkorb, den sie sorgfältig verschloß, bevor weitere Hüllen fielen. Bei dem Pinscher schien es sich aber um einen besonders scharfen Hund zu handeln, denn immer wieder hob er den Deckel, um dem Geschehen zu folgen. Als die letzten fünf Quadratzentimeter Stoff fielen, türmte der Schäferhund mitsamt Rock, wofür alle Zuschauer volles Verständnis hatten.

Die Küchenuhr stand auf 0 Uhr 45, als wir wieder im Omnibus saßen. Nach einigen hundert Metern Fahrt hatten die Opfer von «Paris bei Nacht» das große Glück, dreißig Sekunden lang die Place Pigalle zu sehen, weil die Verkehrsampel auf Rot stand. Vor dem «Moulin-Rouge» an der Place Blanche wurde noch einmal kurz gehalten, obgleich das heutige Unternehmen mit dem alten «Moulin-Rouge» nicht mehr gemeinsam hat als Franz Josef Strauß mit dem Walzerkönig.

Punkt 1 Uhr 10 kamen wir vor dem «Lido» an den Champs-Elysées an. Ein Dutzend Autobusse stand bereits vor der Tür. Das sogenannte bessere Publikum verließ das Lokal, während wir eingeschleust wurden. Um 1 Uhr 30 begann der zweite Teil der Revue, die in der Welt nicht ihresgleichen hat.

Das jedem Rundfahrtteilnehmer zustehende Glas Schaumwein wurde von geschickten Obern im Verhältnis 1 : 5 in die Gläser gebraust (ein Fünftel Wein, vier Fünftel Schaum).

Eine Lido-Revue mit Worten zu beschreiben, ist völlig unmöglich. Das weiß jeder, der dort einmal seine Pupillen auf die Augenweide führte.

Die Kostüme haben Hunderttausende gekostet. Aber nur wenige Quadratzentimeter der Stoffmengen tragen die Mädchen direkt am Körper. Den Rest haben sie teils auf dem Kopf, teils ziehen sie ihn hinter sich her.

Man muß sehr scharf (und die meisten Herren tun das auch) unterscheiden zwischen den *beauties,* also «Schönheiten» genannten Mädchen, und den *girls.* Die *beauties* können nicht tanzen, sind aber als Ausgleich dafür bis auf ein kleines goldenes Dreieck splitternackt. Sie stehen als Dekoration mit hocherhobenen Armen herum oder werden von den männlichen (was ich nicht allzu wörtlich zu verstehen bitte) Mitwirkenden neckisch, aber ziemlich uninteressiert, auf Schüsseln liegend oder freihändig gestemmt, auf der Bühne herumgetragen.

Die *girls* dagegen können tanzen, und wie! Das einzig Gebändigte an ihnen ist der Busen. Sie tragen ihn, im Gegensatz zu den *beauties* bedeckt und durch Meistercreationen der Miederindustrie gegen die Wirkung der bei den rasanten Tänzen auftretenden Fliehkraft gesichert.

Nach anderthalb Stunden Augenweide wurden wir wieder hinaus auf die Champs-Élysées zum Omnibus geführt. Nach fünf Stunden Aufenthalt in verräucherten Lokalen bei einem Getränkekonsum von insgesamt einem Viertelliter hatte ich einen Mordsdurst. Ich stillte ihn in einem meiner kleinen Stamm-Bistros.

Tower, Themse und Tussaud

Wenn man in London unter Depressionen leidet (und das kann dem Fremden besonders an Wochenenden leicht passieren), gibt es kein besseres Aufheiterungsmittel als einen Besuch des Towers. Die düstere Historie dieses Bauwerks schenkt dem Gast die schöne Illusion, heute in einer humanen Zeit zu leben.

Als ich die U-Bahn-Station Tower Hill verließ, lag auf dem Straßenpflaster ein festverschnürter Sack mit einem zappelnden Menschen drin. In der Verschnürung steckten ein Säbel und ein Schwert, die dem Verpackten bei jeder Bewegung die Kehle zu durchbohren drohten. Rundherum standen vergnügte Menschen und verfolgten aufmerksam das nervenkitzelnde Schauspiel.

Ein Mann ging mit einem strumpfartigen Beutel an der Menge entlang und rief: «Meine Herrschaften, niemand kann sehen, wieviel Sie für den Entfesselungskünstler in den Beutel werfen! Aber ich vertraue darauf, daß Sie alle Gentlemen sind. Wer kein Geld bei sich hat, besorgt sich vielleicht etwas aus der Tasche des Nachbarn!»

Das scheint also auch einem Gentleman erlaubt zu sein. Unter den Umstehenden entdeckte ich einige Leute, die so aussahen, als ob sie diese Kunst beherrschten. Der sammelnde Mann machte seine Runde, die Zuschauer steckten einzeln die geschlossene Hand in den Beutel, und dann machte es jedesmal «Kling!». Als der Beutel neben dem zuckenden Sack auf das Pflaster entleert wurde, fielen ausschließlich Kupferpennies heraus.

«Ladies und Gentlemen! Für diesen lächerlichen Betrag kann mein Kollege unmöglich seinen lebensgefährlichen Entfesselungstrick vorführen! Werfen Sie jetzt das Geld, das Sie spenden wollen, vor sich aufs Pflaster, damit jeder Ihre Freigebigkeit erkennen kann!»

Nach dieser Aufforderung fielen zahlreiche silbern blitzende Sixpence- und Schillingmünzen aufs Pflaster und ein leichter Schatten auf den sorgsam gepflegten Ruf der Engländer, am liebsten alles diskret zu machen. Vor allem das (angeblich zinsentragende) Wohltun.

Nach dem Entfesselungsakt ging ich hinüber zum Eingang des Towers.

Vor einem Schilderhaus stand ein Gardist mit Bärenfellmütze, der militärischsten aller Kopfbedeckungen, denn die sauber gebürsteten Zotteln hängen dem Träger über die Augen und verengen den Horizont auf anderthalb Zentimeter, das ideale Maß für Befehlsempfänger. Ein Unteroffizier marschierte auf den Posten zu, baute sich vor ihm auf und ging in die Knie, als wolle er den Stiefelglanz des Gardisten mit einem Belichtungsmesser kontrollieren. Er griff aber nur an den Beinen des

Postens vorbei und langte aus dem Schilderhaus einen am Boden stehenden Bilderrahmen heraus: Die sauber gedruckte Dienstvorschrift. Daraus las er dem Posten, der demnach Analphabet war, leise allerlei vor. Nach der Vorlesung stellte er den Rahmen wieder an seinen Platz, stampfte wie ein eigensinniges Kind mit dem rechten Fuß auf den Boden und stelzte in widernatürlicher Gangart davon. Rundherum klickten begeistert die Verschlüsse der fotografierwütigen Touristen.

Am ersten Torbogen des Towers steht ein gutgehender Postkartenladen. Der Verkaufsschlager zeigt ein Stilleben von prickelndem Reiz: Den Richtblock mit messerscharf wiedergegebenen Schrammen auf der Oberseite und angelehnter Henker-Axt. Angelsächsische Touristen pflegen solche Feriengrüße an Daheimgebliebene mit dem hintergründigen Text «*Wish, you were here!*» zu versehen. Aber auch in Verbindung mit «Alle guten Wünsche aus London» dürfte der Empfänger Reiselust und ein leichtes Kribbeln im Nacken verspüren.

Beim Betreten des mit so vielen königlichen Kopfabtrennungen verbundenen Festungsgeländes begrüßt den Gast ein etwa fünfzig Zentimeter hohes, aufrecht stehendes weißes Hündchen mit einem Spartopfschlitz im Gesicht, wo hinein man Münzen werfen soll. Es ist aus Kunststoff gefertigt und sammelt für den Königlichen Tierschutzverein.

Wie vielfältig die Aufgaben dieses unter dem Protektorat Ihrer Königlichen Majestät stehenden Vereins sind, erfuhr ich an einem offenen Käfig, der reich beschildert und ebenso reich bekleckert in einem Mauerwinkel stand. Um die tiefe Bedeutung des Käfigs zu verstehen, muß man wissen, daß das britische Weltreich von einer Horde Affen und einem halben Dutzend flügellahmer Raben zusammengehalten wird.

Diese auch für politisch Uninteressierte überraschende Theorie beruht auf der uralten Weissagung: «Das Weltreich wird auseinanderfallen, wenn keine Affen mehr auf dem Felsen von Gibraltar hocken und keine Raben mehr den Tower umkreisen.»

Die letztere Gefahr wurde akut, als mit Einführung der Hygiene die Hauptnahrungsquellen der Tower-Raben versiegten: Die aus den Fenstern geworfenen Abfälle sowie die an den Galgen des nahe gelegenen Richtplatzes abhängenden Missetäter.

Nun sorgt der um die Erhaltung der Traditions-Vögel bemühte Tierschutzverein nicht etwa, wie Kenner der organisierten Tierliebe vermuten könnten, für stets frische Behängung der Galgen. Er beaufsichtigt vielmehr, wie der am Käfig befestigten Urkunde zu entnehmen ist, eine die schwarzen Weltreichbewahrer an den Tower fesselnde Maßnahme. Den Tower-Raben (es sind jeweils sechs, und bei natürlichem Ableben wird jeder Rabe sofort durch einen neuen, aus der Provinz importierten Vogel ersetzt) wird bei Indienststellung der rechte Flügel zur Hälfte gestutzt. Frei nach Schlieffens «Macht mir den rechten Flügel schwach». So können die politisch wertvollen Vögel nicht mehr entwischen.

Manchem Tower-Besucher ist es schon passiert, daß plötzlich Gegenstände an ihm vorbeifliegen, die er auf dem bewachten Parkplatz im offenen Wagen liegenließ. Die Tower-Raben stehen im Dienste Ihrer Majestät der Königin, klauen aber, worauf ausdrücklich hingewiesen werden muß, auf eigene Rechnung.

Abends kommt die Rabenstaffel freiwillig zurück in den Käfig, um die vom englischen Parlament bewilligte Pferdefleischration im Werte von zwei Schilling und sechs Pence pro Schnabel und Woche in Empfang zu nehmen. Daß die königliche Fleischrente nicht nach Gewicht, sondern nach Preis festgesetzt wurde, läßt die Raben natürlich ständig vor einer Inflation zittern.

Trotzdem scheinen die schwarzen Kleinrentner rechte Witzbolde zu sein. Der Rabenmeister (so ist der offizielle Titel des Beamten, der für das Wohlergehen der Tiere und damit des Weltreiches verantwortlich ist) erzählte mir, sie würden *«attracted by female legs»*, also von weiblichen Beinen angezogen. Sie verstecken sich unter den Ruhebänken und zwicken die Damen ohne Ansehen von Alter, Glaubensbekenntnis oder Nationalität in die Waden.

Vom Käfig der Protektions-Raben wanderte ich zum Wakefield-Turm, wo hinter meterdicken Mauern der Kronschatz aufbewahrt wird. Eiserne Barrieren ordnen vor dem Eingang die Touristenschlangen. Schilder verbieten in drei Sprachen das Fotografieren, wahrscheinlich, um eine präzise Einbruchsplanung unmöglich zu machen.

Ich schob mich mit der Menge eine Wendeltreppe hinauf und durch eine gewaltige, hochmoderne Panzertür. Dann gleißten und glitzerten mir aus einer riesigen Käseglocke Kronen aller Größen und Preislagen entgegen. Ich stand sozusagen vor dem Hutschrank der Königsfamilie.

Das teuerste Modell war wohl die «Imperial State Crown» mit ihren dreitausend Diamanten. Wer die klaut und zerlegt, könnte nacheinander die dreitausend schönsten Frauen der Welt aus den Angeln heben. Aber das schafft wohl keiner. Die Panzertüren sind zu dick.

Ich konnte deutlich beobachten, daß die weiblichen Besucher beim Betrachten der Schatzkammer einen leicht irren Blick bekamen und sich die Pupillen mal richtig satt voll Gold- und Edelsteinglanz sogen.

Der Wert der hier angesammelten bunten und glitzernden Steinchen ist, wie mir ein Wächter sagte, in Zahlen kaum auszudrücken.

Am Ausgang dieser unvorstellbare Reichtümer bergenden Schatzkammer erwartet den von soviel Glanz geblendeten Touristen ein vollautomatisches Bettelkind aus Pappmaché mit einer Sammelbüchse «Für arme Kinder» und beweist den ausgeprägten Sinn der Briten für grotesken Humor.

Wer Freude an dieser Art Humor hat, kommt am idyllisch zwischen grünen Rasenflächen gelegenen Richtplatz voll auf seine Kosten. Die Stelle, wo einst der Haublock stand, ist durch eine Bronzeplatte markiert. Ich hatte das große Glück, dort im Kreise einer englischen Reisegesellschaft den Erklärungen eines «Beefeaters» lauschen zu dürfen. (*Beefeater*, also «Fleischesser», heißen seit Jahrhunderten die malerisch uniformierten Tower-Wächter. Sie bekamen diesen Namen, weil sie auch in Hungerzeiten immer mit genügenden Fleischrationen versorgt wurden, um, so gestärkt, etwaige revoltierende Hungerleider durch kräftiges Zuschlagen mit Holzknüppeln stillen zu können. Ganz gebildete Leute behaupten, der Name gehe auf das französische *buffetier* zurück, eine Berufsbezeichnung, die mein Lexikon unverständlicherweise mit «Bahnhofswirt» übersetzt.)

Der Wächter stellte sich auf eine kleine Holzkiste und begann listig zu lächeln: «Wir stehen hier auf einem Platz, an dem viele Leute den Kopf verloren ...»

Nachdem er durch eine Kunstpause den Zuhörern die Möglichkeit gegeben hatte, den köstlichen Doppelsinn des Satzes voll auszukosten, veranstaltete er ein kleines Kopf-Quiz:

«Was meinen Sie wohl, wie viele seiner Ehefrauen Heinrich der Achte hier köpfen ließ? Nun?»

Er forderte mit ausgestrecktem Zeigefinger einen Herrn, der zwischen grimmig blickender Gattin und ebensolcher Schwiegermutter stand, zur Antwort auf. Verklärt sagte der vom Familienleben offensichtlich hart Mitgenommene: «Alle!»

Überlegen lächelnd schüttelte der Richtplatz-Dozent den Kopf und bat mit dem Zeigefinger eine junge Dame mit rotem Halstuch, ihren Tip abzugeben. Sie riet zögernd: «Acht?»

Auch diese Lösung stimmte nicht. Jetzt kam ein kleiner, sommersprossiger Junge mit College-Mütze dran.

«Mindestens fünfzig!» behauptete er strahlend.

Als die Heiterkeit sich gelegt hatte, strich der Beefeater dem Knaben zärtlich über das Köpfchen und zählte ihm an den Fingern vor, auf wie viele verschiedene Arten der vitale König seine Lebens-Kurzgefährtinnen loswurde:

«Die erste – geschieden. Die zweite – geköpft. Die dritte starb von selber. Von der vierten ließ er sich scheiden, und erst die fünfte wurde wieder geköpft. Die sechste und letzte aber überlebte ihn. Wirst du dir das schön merken, Kleiner?»

Der Kleine nickte, denn dieses Wissen kann im Leben sehr nützlich sein.

So schlimm war also Heinrich der Achte gar nicht, wie man immer behauptet! Er hatte als Herrscher stets die Möglichkeit, seine jeweilige Gattin köpfen zu lassen, und wenn er nur zweimal davon Gebrauch machte, ist das als besonders schönes Beispiel der berühmten englischen Zurückhaltung zu werten.

Wir erfuhren weiterhin aus des Wächters Munde, daß es sich hier um einen «ganz privaten Richtplatz» handele, wo nur hochstehende Persönlichkeiten ihren Kopf hinhalten durften:

«Die Hinrichtung an diesem hübschen Platz sollte dem Delinquenten ein privates, intimes Gefühl geben.»

Leute niederen Standes wurden draußen auf der allgemeinen Richtstätte kürzer gemacht. Hier geköpft zu werden, war also eine echte Auszeichnung. Man hatte im Augenblick des Ablebens das erhebende Gefühl, etwas Besseres (gewesen) zu sein. Um so mehr wunderte mich der nächste Satz des Beefeaters:

«Die Geköpften wurden in großen Kisten aufbewahrt, Herren und Damen durcheinander.»

Es war eben, wie auch die Geschichtsschreiber einhellig bestätigen, eine sinnenfrohe Zeit.

Plötzlich ertönte hinter uns ein markerschütternder Schrei, der das Blut in den Touristenadern gerinnen ließ.

Alles fuhr erschreckt herum.

Das furchtbare Geräusch war aus der Gurgel eines strammstehenden Garde-Offiziers gekommen, der die Wachablösung befehligte. Nach einem neuerlichen Brüllen riß er das rechte Knie bis unter die Kinnspitze

Trotz der launigen Scherze, mit denen der «Beefeater» am historischen Richtplatz seine Erzählungen würzt, steigt sensiblen Besuchern an dieser makabren Stätte ein seltsames Gefühl in den Hals . . . (Obige Zeichnung soll keine Tatsache, sondern ein Gefühl bildlich darstellen.)

und stampfte auf den Boden, als ob er eine Maus totträte. Dann stand er wieder da wie aus Holz.

Was hatte das zu bedeuten?

Weil in England alles mit irgendeiner Tradition zusammenhängt, möchte ich annehmen, daß vor ein paar hundert Jahren ein Gardist eine

Maus tottrat, die seine Königin erschrecken wollte. Das Zutreten wurde dann zur Erinnerung an das denkwürdige Ereignis ins Reglement übernommen. Ich kann mich aber auch täuschen, und die Bewegung ist völlig sinnlos, also rein militärisch.

Nach kurzer Zeit kam wieder Leben in den Offizier.

Er zog den Degen heraus, zeigte ihn nach allen Seiten herum und stellte sich anschließend breitbeinig hin, die vor dem Bauch gefalteten Hände auf den Degen gestützt.

So stand er ziemlich lange da, und es sah aus, als ob er nachdächte. Das konnte ich mir aber eigentlich kaum denken. Es war wohl nur eine Tarnung, um etwaige Feinde zu verwirren.

Nach dieser für einen Berufssoldaten besonders schwierigen Übung ging der Gardeleutnant über den gepflegten Rasen, der dem Schutz des Publikums empfohlen und für es verboten ist.

Im satten Grün lag eine Harke. Ich hätte einiges drum gegeben, wenn er darüber gestolpert wäre oder auf die Zinken getreten hätte, was bekanntlich einen sehr komischen Effekt auf das Nasenbein hat. Leider nahm der Bärenfellbemützte das Hindernis sehr geschickt.

Nun begann ein wildes Hin und Her mysteriöser Kommandos und tierischer Schreie. Zwischen den Gardisten hopste ein respektloser Tower-Rabe herum und quatschte dauernd als einziges Lebewesen mit halbwegs menschlichen Reaktionen laut dazwischen.

Als das reizvolle Schauspiel der Wachablösung vorbei war, zeigte uns der Beefeater eine historische Delikatesse: Das Fenster, von dem aus Jane Gray, Königin für einen Tag, 1554 ihren soeben geköpften Gatten vorbeikommen sah. Er wurde als kleine Aufmerksamkeit unter ihrem Fenster vorbeigetragen, eine Handlungsweise, die man wohl kaum als *gentlemanlike* bezeichnen kann.

Ich machte noch einen Abstecher in den «Bloody Tower». Er heißt so, weil hier im sechzehnten Jahrhundert zwei kleine Prinzen, die störend in irgendeiner Thronfolge herumstanden, in ihren Betten umgebracht wurden. Die Gebeine fand man erst hundertneunzig Jahre nach der Tat unter einer Treppe des Turmes, was ein seltsames Licht auf die damaligen Putzfrauen wirft.

Ein Aufseher verriet den Besuchern, daß die Wendeltreppe, die zum Prinzenschlafzimmer hinaufführt, ein kleines, aber für den britischen *sense of humor* typisches Geheimnis birgt: Die Stufen sind von sehr unterschiedlicher Höhe, und das ist vom Architekten beabsichtigt. Wenn in dunkler Nacht ein ortsfremder Attentäter die sehr steile, unbeleuchtete Wendeltreppe hinaufschleichen wollte, kam er durch die verschieden hohen Stufen unweigerlich ins Stolpern. Er fiel auf die Nase, was einen gewaltigen Spektakel machte, denn man trug damals sehr viel Blech am Körper. Aber auch für moderne Touristen ist die steile und enge Treppe nicht ohne Gefahren. Eine fahrlässige, nach hinten ausschlagende Beinbewegung des Vordermannes kann eine vierköpfige Dentistenfamilie etwa zwei Monate lang ernähren.

Beim Verlassen des finsteren Turmes zählte ein Reiseführer seine Gruppe nach mit der witzigen, aber historisch fundierten Begründung: «Im Tower gehen sehr leicht Leute verloren.»

Im Hauptgebäude des Towers ist die berühmte Waffensammlung untergebracht, eine Fundgrube für die konventionelle Aufrüstung. Neben der Vitrine mit dem Fernrohr, durch das Wellington bei Waterloo so lange nach den Preußen Ausschau hielt, bis das Okular beschlug (man sieht das heute noch deutlich), steht eine prächtige Ritterrüstung. Auf einer erklärenden Tafel kann man lesen, daß Sofia von Sachsen dieses knitterfreie und formtreue Blechgewand ihrem Gatten im Jahre 1591 zu Weihnachten schenkte. Wie mag der Kurfürst da unter dem Lichterbaum gestrahlt haben!

Eines der schönsten Stücke der Sammlung ist die reichverzierte Streitaxt des Erzbischofs Leonhard von Salzburg, der ein kriegerischer Herr war. Die von ihm benutzte ideale Mehrzweckwaffe ist eine Kombination aus Axt und Pistole. Wenn Seine Eminenz wegen Fehlzündung den Gegner nicht mit der Kugel traf, drehte er das Ding einfach um und trieb die vergoldete Axt in die feindlich gesinnte Fontanelle.

In einem Glasschrank standen unscheinbar aussehende Filzhüte, die aber innen mit Eisen ausgeschlagen waren.

Leider suchte ich in der reichhaltigen Keulen- und Morgensternkollektion vergeblich jenes Schlaginstrument, das einer meiner Freunde hier gesehen haben will: Eine Metallkeule, auf deren zuschlagendem Ende in Spiegelschrift *«God save the King!»* aus kleinen Stahlspitzen eingearbeitet war. Wer mit so einer Waffe eines auf die Stirn bekam, trug den positiven Satz in rotpunktierter Schrift davon. Auch die späteren Narben waren sicher noch gut lesbar. Hier dürften die Anfänge der Außenreklame zu suchen sein.

Höhepunkt jeden Tower-Besuches ist natürlich der schaurig-schöne Moment, in dem der Gast vor den echten Richtblock mit der authentischen Axt tritt. Als ich in den kleinen Raum kam, der diese Fremdenverkehrszugnummer beherbergt, wurde der Block gerade von einer Gruppe aus dem Heimatland der Guillotine besichtigt. Ein Fremdenführer erklärte wörtlich: «Der Block ist, wie Sie sehen, sehr sauber gearbeitet, damit der Klient es bequem hat und sich nicht weh tut. Von dieser Seite bückt man sich – und dort drüben fällt der Kopf runter.»

Man bekam direkt Lust, es mal zu versuchen. Um solche Versuche zu verhüten, hat die umsichtige Tower-Verwaltung wohl die beiden nicht sehr empfindlichen Gegenstände in einem Glaskasten untergebracht.

Gleich daneben stand, von kichernden Eton-Schülern umdrängt, das niedliche Modell eines Folterbettes, auf dem ein langhaariges Püppchen an Armen und Beinen kreuzweise auseinandergezogen wurde.

In einer Vitrine befand sich ein massiv schmiedeeisernes Damenkorsett, das nur mit einem Schraubenschlüssel oder sogenannten «Engländer» zu öffnen war. Laut angebrachtem Schild war das leicht angerostete Stück eine «Leihgabe des Viscount Gage». Das Wort «Leihgabe» veranlaßt mich, alle Damen dringend vor Herren dieses Namens zu warnen.

Richtblock und Henkerbeil sind im Tower Hauptanziehungspunkt für die Fremden. Durch geschicktes Aufstellen hinter der Vitrine erzielt man Bilder von prickelndem Reiz.

Handwerklich wunderhübsch gearbeitete Daumenschrauben (frühes sechzehntes Jahrhundert) und stachelbewehrte Halseisen (Hochrenaissance) schmückten die Wände, und es war erstaunlich, wieviel fachliches Interesse eine kleine Gruppe älterer Herren diesen Gegenständen entgegenbrachte. Vielleicht waren es Finanzbeamte, die der guten alten Zeit nachtrauerten.

An der Schmalseite des Raumes hingen drei gewaltige Richtschwerter Solinger Herkunft. «Me fecit Solingen» stand auf jedem sauber eingraviert. Für diese Gebrauchsartikel gab es also schon im Mittelalter einen gemeinsamen Markt.

Ich verließ den von gedämpfter Fröhlichkeit erfüllten Raum und ging in den Keller zur Sammlung der Schiffskanonen, wo mich die von Rohrkrepierern zerfetzten am meisten erfreuten, weil sie wie Meisterwerke abstrakter Bildhauer aussahen.

In einer Ecke lag ein Holzklotz von etwa einem Meter Länge, ein Stück vom Kiel des Kriegsschiffes «Royal George». In goldenen Buchstaben stand auf einer schwarzen Tafel zu lesen, daß mit diesem Schiff am 29. 8. 1782 infolge eines Unfalls ein veritabler Admiral und sechshundert Mann Besatzung *«were launched to eternity»*, in die Ewigkeit vom Stapel gelassen wurden. Nur ein mit trockenem Humor gesegnetes Volk christlicher Seefahrt konnte für «feuchtes Ende» einen so schönen Ausdruck finden.

Heiter gestimmt verließ ich das wehrhafte Gebäude. Draußen schien die Sonne, der Richtplatz lag im sommerlichen Grün gepflegter Rasenflächen, und ein Beefeater erzählte buntgekleideten, aufnahmefreudigen Menschen seine von feinem Humor durchtränkten Köpf-Anekdoten. So interessant und erhebend es auch sein mag, das politische Handwerkszeug von der Keule bis zum Henkerbeil am Schauplatz des längst vergangenen Geschehens zu betrachten – ein klares Bild, wie das nun alles im täglichen Gebrauch und im Kostüm der Zeit aussah, kann sich der Laie nur schwer machen. Wer eine wahrheitsgetreue, plastische Darstellung der historischen Vorgänge in natürlicher Größe sehen möchte, der besuche das Wachsfigurenkabinett der Madame Tussaud. Die Bezeichnung «Kabinett» für dieses Unternehmen ist übrigens eine typisch englische Untertreibung, denn das Gebäude hat die Ausmaße eines mittleren Großstadtbahnhofs und ist mit dem Prunk eines Spielcasinos der Jahrhundertwende ausgestattet.

Ich wanderte an den vielen zwanglos, aber würdevoll herumstehenden Königen, Staatsmännern und Geistesgrößen entlang. Churchill sah mich unsagbar traurig aus täuschend ähnlichen Glasaugen an und war ganz hervorragend gelungen, während Konrad Adenauer nur an Hand der Katalognummer 130 zu erkennen war. (Später erfuhr ich, woran es lag: Das in der Welt herumreisende Modellier-Kommando des Hauses Tussaud hatte in Bonn vergeblich versucht, zu Adenauer vorzudringen und ihm die Maske abzunehmen. Nun steht er unerkennbar zwischen den Wachsfiguren de Gaulles und König Husseins von Jordanien.)

Adolf Hitler stand ganz allein mit Josef Stalin draußen im Treppenhaus. In die Schreckenskammer wollte man ihn wohl nicht stellen, um deutsche Besucher nicht zu kränken, und zwischen den demokratischen Diktatoren hätte es sicher einige Beschwerden gegeben.

Im zweiten Stock befinden sich die sogenannten «Tableaux», schaufensterartig angeordnet, bis auf die kleinste Einzelheit nachgebildete historische Szenen.

Da sitzt Madame Tussaud, die vor über hundert Jahren verstorbene Stamm-Mutter des Unternehmens, wachsbleich am Küchentisch, auf dem ein bluttriefender, soeben abgeschlagener Männerkopf liegt. Die häusliche Szene spielt im Jahre 1793 in Paris. An der Küchentür steht ein Revolutionssoldat, der den Kopf frisch von der Guillotine bringt, damit die Künstlerin ihn, wie man wohl mit Recht sagen darf, nach dem Leben in Gips forme.

Gegenüber findet in einem mittelalterlichen Schloßgemach vor flakkerndem Kamin die Hinrichtung Maria Stuarts statt. Zwei schwarzge-

Die niedlichen und anschaulichen Modelle mittelalterlicher Justizgeräte wecken bei kleinen Puppenmüttern, aber auch bei technisch interessierten Knaben den Wunsch, so etwas zu besitzen. Warum hat die Spielzeugindustrie, die ja schließlich auch Raketengeschütze, Panzer und Kanonen für Kinder herstellt, diesen Wunsch noch nicht erfüllt?

kleidete Herren mit weißen Schürzen, die wie Kellner aus dem «Maxim» aussehen, stehen mit dem Beil neben dem Zimmer-Richtblock, auf den die Schiller-Titelheldin gerade ihren Kopf legt. Die Szene atmet Wohnraumbehaglichkeit: Angenehmer Strafvollzug bei unwirtlichem Wetter.

Etwas weiter werden die beiden kleinen Prinzen, von denen ich schon im Tower gehört hatte, in dämmriger Beleuchtung in ihren Betten ermordet. Hier sieht man überdeutlich, was im Tower nur zu ahnen war. Bei Madame Tussaud weht der Hauch der Geschichte in natürlicher Größe, echtem Kostüm und zeitgerechter Dekoration.

Die wenigen Beispiele mögen genügen, dem Leser einen kleinen Eindruck vom Gebotenen zu geben. Man muß dagewesen sein, um die Lebensechtheit und den Charme der Wachsfiguren richtig würdigen zu können.

Alles, was in den oberen Stockwerken gezeigt wird, gilt noch nicht als grausig. Die von der Geschäftsleitung des Hauses Tussaud als grausig anerkannten Sachen sind im Keller ausgestellt, in der sogenannten «Schreckenskammer».

Den ersten Schreck bekommt der Besucher, wenn er die Treppe zu den finsteren Gewölben hinuntersteigt. Da hängt ein großes Schild

«No way out!»

Kein Weg hinaus? Ich stutzte. Die Warnung ist aber nur so zu verstehen, daß eine andere Treppe als Ausgang dient.

Es herrschte starkes Gedränge, und ich brauchte einige Zeit, um mich an das Dämmerlicht zu gewöhnen. Einigermaßen hell waren nur die Nischen, in denen adrett gekleidet die berühmten und (bis auf die Schluß-Panne) erfolgreichen Mörder stehen oder sitzen. Die letzten wächsernen Neuzugänge, der Frauenmörder Christie und der Liebespaarmörder Hanratty, trugen die Originalanzüge ihrer Vorbilder. Es gilt neuerdings in Schwerverbrecherkreisen als «chic», seinen Anzug kurz vor der Hinrichtung dem Tussaud-Museum zu vermachen.

Den unbefangenen Betrachter überrascht, daß Massenmörder in Wachs vertrauenerweckend und gutbürgerlich aussehen, ja, oft sogar honetter als mancher der oben gezeigten Politiker. Trotzdem berührte es mich peinlich, wenn immer wieder entsetzt aufkreischende Besucherinnen Ähnlichkeiten mit Familienmitgliedern und sogar dem eigenen Gatten festzustellen glaubten.

In einem aquarienhaft illuminierten Schaukasten werden die schlimmsten Foltermethoden des Mittelalters an niedlichen Puppen demonstriert. Wenn ich sage, niedliche Puppen, meine ich das auch so: Den liebevoll geformten, etwa zehn Zentimeter großen Modellen nach zu urteilen, wurden ausschließlich hübsche und möglichst nackte Mädchen der Tortur unterworfen.

In der Mitte des Gewölbes steht eine echte Guillotine mit darauf befestigtem Opfer. Am wörtlich zu verstehenden Kopfende verharrte ein amerikanisches Ehepaar mit einem verzweifelt kreischenden Kleinkind in Tragetasche. Das Baby sollte hier wohl rechtzeitig auf den harten Lebenskampf des *american style of life* vorbereitet werden.

Neben der Guillotine stand eine leere, verrostete Badewanne. Laut anhängender Beschreibung hatte ein gewisser Herr Smith darin ein gewisses Fräulein Lofty ertränkt. Weil ich beide nicht kannte, sagte mir die Wanne nicht besonders viel. Da war der dem königlichen Henker J. Calcraft gehörende Aquarell-Malkasten mit vier verschiedenen Rotnäpfchen schon interessanter. Die Malutensilien und ein Büchlein selbstverfaßter Gedichte dieses offensichtlich hochsensiblen Herrn lagen in einem Glaskasten.

Ich sah den Frauenmörder Christie in Lebensgröße und in seiner Wohnküche vor dem knochengefüllten Ofen, Caryl Chessman in der Gaskammer und die Nachbildung einer von Amts wegen verhängten Erhängung. Lauter bewährte Nervenkitzler.

Hat man die Schreckenskammer hinter sich gebracht, erwartet den erlebnishungrigen Gast im Parterre die «Amusement Hall».

Dort gibt es neben den gängigen und in allen zivilisierten Ländern gebräuchlichen Spielautomaten, mit denen man kleine Flugzeuge, Bären und Menschen unter großem Geschepper abschießen kann, eine auf die Bedürfnisse des Hauses Tussaud zugeschnittene Spezies von Münz-Schluckern: Durch Einwurf eines Pennies (das sind etwa fünf Bundespfennige) kann man zierliche Puppenspiele in Bewegung setzen. Da sieht man einen hübschen kleinen Friedhof, der zunächst wie tot daliegt. Wenn der Penny fällt, hebt sich eine Grabplatte, und heraus springt ein Skelett, das ein Schild mit der Aufschrift «*We are*» schwenkt. Aus dem nächsten Grab saust ein weiteres Knochengerüst mit dem Schild

Eins der interessantesten Stücke der berühmten Tower-Waffensammlung ist der «Catchpole», die Fangestange der Londoner Stadtpolizei des Mittelalters. Die Anwendung ist denkbar einfach: Der Polizist schiebt dem Flüchtenden eine Art Lyra mit zwei darin befestigten federnden Stahlbügeln in den Nacken. Der Hals rutscht in die Lyra, die Bügel schnellen wieder zusammen und bilden eine auf den Adamsapfel gerichtete Spitze, die das Abführen enorm erleichtert. Das humane und trotzdem wirksame Gerät könnte auch unserer Polizei gute Dienste leisten.

«waiting» und noch eines mit *«for you»*! Schließlich hebt sich noch ein vierter Grabstein, und ein Totenschädel verkündet schwarz auf weiß: *«Time is up!»* Die Bezeichnung «Amusement Hall» erweist sich mit dem Slogan. «Wir – warten – auf dich! – Die Zeit ist um!» als voll gerechtfertigt.

Der schönste Automat dieses Genres ist aber der Kasten, in dem die zweitorige Fassade eines mittelalterlichen Schlosses zu sehen ist. Der Automat verspricht die Hinrichtung Maria Stuarts. Da habe ich natürlich sofort einen Penny riskiert.

Als das Kupferstück fiel, knarrte es, und das erste Tor öffnete sich. Von Höflingen umgeben stand da die zeigefingergroße Königin von Schottland und drehte hektisch den Kopf nach links und rechts. Niemand kam, das Schicksal mußte seinen Lauf nehmen. Das Tor schloß sich, das nächste klappte auf. Maria liegt bereits auf dem Block, der Henker hebt, von unsichtbarer Maschinerie bewegt, das Beilchen und nimmt zur Erhöhung der Spannung durch zweimaliges vorsichtiges Senken der Schneide Maß. Dann schlägt er zu und – klack – fällt das Köpfchen, an einem Zwirnsfaden hängend, zu Boden.

Als das Tor sich wieder schloß, konnte ich gerade noch sehen, wie durch eine sinnreiche Vorrichtung der Faden den Kopf wieder an seine Stelle zog, um für den nächsten Penny-Einwurf bereit zu sein.

Drei Kupfermünzen habe ich an diesem Automaten verjubelt.

Dann mußte ich meinen Platz räumen für eine Kinderschar, die praktischen Geschichtsunterricht nehmen wollte.

Hinten in der Halle hing ein Wegweiser «Zu den Büros und Ateliers». Ich ging hin und fragte, ob ich vielleicht die Werkstätten sehen könnte, in denen so viel Schönes hergestellt wurde.

Ein freundlicher Herr namens Catney führte mich zunächst in die Wachsformerei.

Auf einer Herdplatte kochten friedlich nebeneinander Wachs und Tee, während ein weißbekitteltes Männchen an einem verstellbaren Unterleib herumbastelte. Mittels eines Gewindes brachte er die Hüftweite auf das Maß der Persönlichkeit, die demnächst in die Prominentengalerie einziehen durfte. Danach sollte dann die endgültige Form gegossen werden.

In der Schneiderei waren zwei vergnügte Damen dabei, einem Herrn (aus Wachs natürlich) die Wäsche zu wechseln. Das findet, wie ich zu meinem Erstaunen erfuhr, in regelmäßigem Turnus statt, damit die ausgestellten Figuren stets saubere Kragen und Manschetten haben.

In der Frisierabteilung standen überall abgeschnittene Köpfe herum, aber dieser Anblick hatte nach den Erlebnissen des Tages für mich nichts Überraschendes mehr. Eine Friseuse saß mit einer Lupe über das vergilbte Porträtfoto eines Herrn gebeugt, dessen Kopf sie auf dem Schoß hatte. Sozusagen nach der Natur setzte sie Haar für Haar einzeln ein.

Herr Catney erzählte mir noch viele interessante Einzelheiten aus der Prominenten-Herstellung, die hier aber zu weit führen würden.

Als ich das Büro verließ, drängte sich gerade eine Reisegesellschaft in die Schreckenskammer. Sie war mit einem vor der Tür stehenden Omnibus gekommen. Er trug in großen Lettern den Namen des Reisebüros: «Happy-Days-Travels», also «Glückliche-Tage-Reisen». Die waren hier richtig.

Ich bummelte durch die Regent Street und kam an mehreren Geschäften für Damen-Konfektion vorbei. Alle Schaufensterpuppen waren von höchstem Realismus. Aber keine einzige hatte einen Kopf.

Im Schaufenster eines Schallplattengeschäftes kamen zwei Hände aus der Wand und hielten einen silbernen Teller. Darauf lag ein bärtiger, blutender, abgehackter Männerkopf. Es handelte sich um eine Reklame für die neueste Musikaufnahme der Strauss'schen «Salome».

Nach den so vielfältigen Eindrücken des Tages brauchte ich eine Stärkung. In einem stark besetzten Restaurant in Soho fragte ich einen Kellner nach einem freien Tisch. Er antwortete: *«Ask the head-waiter!»*

Ich sollte den Kopf-Kellner fragen? Es hieß in diesem Falle aber «Ober-Kellner».

Am Nebentisch saß ein weißhaariger Herr mit großartigem Kopf. Den scheuen und bewundernden Blicken der Umsitzenden sah ich an, daß es sich um einen berühmten Mann handeln mußte. Ich fragte den Kellner. Er verriet mir flüsternd, daß der Herr Mitglied der Royal Academy und der *hanging commission* sei. Mir lief es kalt über den Rükken. Hänge-Kommission? Aber dann stellte sich zu meiner Beruhigung heraus, daß der Herr zu entscheiden hatte, welche Gemälde in der großen Kunstausstellung aufgehängt werden.

In der folgenden Nacht habe ich ziemlich schwer geträumt, aber das hat wohl an dem vom *head-waiter* servierten pfundschweren und blutigen Steak gelegen, das zu London gehört wie Tower, Themse und Tussaud.

Am Rande des Teutonen-Grills

«Teutonen-Grill» heißt im Volksmund jener viele Kilometer lange italienische Küstenstreifen, der im Hochsommer deutscher ist als der Rhein. Zwischen Rimini und Cattolica brutzeln einige hunderttausend Bundesbürger im glühendheißen Sand, um sich die tiefbraune Hautfarbe anzubraten, die in der Heimat das Vorrecht der Straßen- und Asphaltarbeiter ist und deshalb als gesund gilt.

Es wird immer wieder behauptet, daß viele deutsche Urlauberinnen, die notdürftig bekleidet den Strand bei Rimini bevölkern, auf Liebesromanzen aus sind und es mit der Treue nicht so genau nehmen. Vielleicht liegt es daran, daß hier heute noch der Geist Francesca da Riminis herumweht. Diese unglücklich verheiratete Dame gewährte vor einigen hundert Jahren ihrem Schwager Paolo ein Schäferstündchen (es soll sich sogar um nur wenige Schäferminütchen gehandelt haben), wurde dabei von ihrem Gatten erwischt und mitsamt Kavalier erdolcht. Die traurige Geschichte wurde mit der Tendenz «Der Ehemann ist schuld» nicht nur von Dante, sondern auch von Opernkomponisten, Stückeschreibern und Romanautoren mehrfach ausgewalzt und ist daher allgemein bekannt. Nichts lag deshalb für die am Fremdenverkehr interessierten Kreise näher, als auf irgendeiner alten Burg in der Nähe Riminis ein Schlafzimmer im Stil der Zeit einzurichten und den romantiksuchenden Touristen als garantiert echten Tatort vorzuführen.

Man wählte die Burg Gradara, einige Kilometer westlich von Cattolica, und hatte es nicht zu bereuen. Ein gleichmäßiger Strom von Fremden zieht seither zur Burg, zahlt Eintritt und kauft Andenken, vor allem natürlich die Postkarte mit der naturgetreuen Darstellung des Paares bei dem so folgenschweren Kuß. Der Postkarte nach zu urteilen, scheint Francesca übrigens kein Ausbund an Temperament gewesen zu sein. Sie sitzt, die Hände apathisch im Schoß gefaltet, auf einem äußerst unbequemen Stuhl, während der stehende Paolo sich ihrem Munde nicht wie ein Liebhaber, sondern mehr wie ein Zahnarzt nähert.

Da man den Stuhl als Ausstellungsobjekt für nicht genügend zugkräftig hielt, zeigt man in der Burg Gradara Francescas Bett, das sicher nicht weit vom Stuhl stand und die Touristenphantasie weit mehr beflügelt. Inmitten einer tief ergriffenen schwäbischen Reisegesellschaft verharrte ich davor. Ein biederer Mann in kurzen Hosen und weit offenem Freizeithemd durchbrach das andächtige Schweigen und sagte zu seiner Gattin:

«Was meinscht, was hier alles vor sich gegange ischt!» Er dachte an den Doppelmord, sie aber lächelte wissend und sagte nur: «Wo nicht?» Am Kopfende des Bettes stand ein Notenpult, was zu vielen geflüsterten Mutmaßungen Anlaß gab.

Sehr bezeichnend für die praktische Denkweise schwäbischer Hausfrauen war die Äußerung einer Dame angesichts der Falltür, die unmittelbar vor dem Schlafzimmer ihre Opfer in den etwa sechzig Meter tiefen Brunnen purzeln ließ. Die resolute Hausfrau sagte: «Hätte Francesca die Falltür offen gelassen, wäre nichts passiert.» Nur der Ehemann wäre weg gewesen, aber das schien die Dame nicht weiter zu berühren.

Wir besuchten natürlich auch die reich ausgestattete Folterkammer. Diese aus keiner gutgeführten Burg wegzudenkende Einrichtung vermittelt den Urlaubern das schöne, aber irrige Gefühl, in einer humaneren Zeit zu leben.

Neben dem Ausgang der Burg befand sich in der Mauer ein kleines Tor mit einem Schild: «Vogel-Ausstellung, Eintritt 100 Lire.» Von drinnen ertönte kreischendes, weibliches Gelächter. Da schien es lustig herzugehen, weshalb wir alle gerne die 100 Lire zahlten und eintraten. In einem kleinen Hof hingen rundherum Vogelkäfige an den Wänden. Auf einer Stange saß ein Papagei und gab pausenlos Lacher von sich, wie ich sie bisher nur von rheinischen Zuschauerinnen im Millowitsch-Theater kannte. Das Gelächter des Papageien war so ansteckend, daß binnen weniger Sekunden die ganze Reisegesellschaft mitkreischte und sich vor Lachen krümmte. Das spornte den bunten Vogel zu neuen Höchstleistungen an, die wiederum Lachstürme auslösten. Ein Lach-Inferno, von dem Dante noch nichts ahnte.

Das Mittagessen nahm ich unterhalb der zinnenbewehrten Burgmauer im Restaurant «Zum Satelliten» ein. Dort gab es keine Kosmonauten-Nahrung, wie der Name befürchten ließ, aber einen Schwerelosigkeit vermittelnden Wein.

Am Nachmittag fuhr ich in einer langen Autoschlange auf den Monte Titano zu, dessen Gipfel das Mekka der Briefmarkensammler ist.

Am Grenzschild «San Marino» bremste der vor mir fahrende Touristenbus scharf und hielt: Die Reisepässe schwenkend, quollen die Insassen heraus und trabten im Gänsemarsch in ein kleines Gebäude mit dem Schild «Visa». Den Unfug aller Grenzkontrollen verfluchend, zog auch ich meinen Paß und stellte mich ans Ende der nur langsam vorrückenden Schlange. Jeder, der herauskam, lächelte verzückt in seinen aufgeschlagenen Paß hinein. Als ich endlich vor dem Beamten stand, der sorgfältig in jeden Paß zwei Marken klebte und stempelte, da erfuhr ich: Man braucht überhaupt kein Visum. Für 100 Lire kann man es aber als Andenken mitbekommen. Damit ist wohl hinreichend bewiesen, daß der moderne Tourist gar keinen Fortschritt will.

Zwei Millionen Fremde besuchen in jeder Saison San Marino, um viele Briefmarken anzuschlecken (mindestens sechs pro Postkarte), den so entstehenden Durst mit Moscato zu löschen und dazu die berühmte

«Torta di San Marino» zu verzehren. Selten haben sich drei grundverschiedene Industrien so geschickt in die Hände gearbeitet. Die Briefmarken-Gummierung ist leicht salzig, der Moscato stark gesüßt und die Torte neigt dazu, am Gaumen kleben zu bleiben, was wiederum den Moscato-Umsatz hebt. Ein schönes Beispiel für lukrative Verbundwirtschaft.

San Marino ist, so steht es jedenfalls im Prospekt, die älteste Republik der Welt.

Hier wurde demnach die Freiheit erfunden, mit der man alles machen kann.

Die wichtigste Freiheit ist für San Marino die Briefmarkenfreiheit. Die kleine Republik darf so viele drucken, wie sie will, und sie will eine ganze Menge.

San Marino bietet aber auch Freiheiten, die man meines Wissens in keinem anderen Land der Welt genießen kann. Das glaube ich einem Plakat entnehmen zu können, das an der Trattoria «Zu den sieben Zwergen» hängt. In großen Lettern steht da auf deutsch zu lesen:

Hier im Haus der sieben Zwerge
Findet man den guten Wein,
Ißt Spaghetti – ganze Berge,
Kocht die Wirtin ganz allein.

Wo in der Welt hat man als Gast die Freiheit, in einem Restaurant ganz allein die Wirtin zu kochen? Nicht einmal an der Lahn. Leider blieb mir das prickelnde Vergnügen versagt, denn das Lokal war bereits überfüllt. Ich tröstete mich damit, daß der Verfasser die deutsche Sprache vielleicht nicht beherrschte, ein bei Werbevers-Lyrikern sehr häufiger Fall.

Es ist allgemein bekannt, daß auf dem italienischen Stiefel die deutschsprachigen Plakate, Prospekte und Verordnungen zunächst in italienischer Sprache abgefaßt und dann von Schulkindern der Unterstufe mit Hilfe eines alten Lexikons ins Deutsche übersetzt werden. Anders sind Anschläge wie «Heute Ball fur dem Frühlings-Ende von dem Kurverwaltung» oder die in manchen Hotels hängende Vorschrift «Die Fremden hat sich auf Forderung den Organen der Polizei vorzuzeigen» kaum zu erklären.

In einer fröhlich gestimmten Menge schob ich mich durch die engen Gassen, die für Kraftfahrzeuge gesperrt sind und ausschließlich dem Handel mit Andenken, Moscato, Torten, Keramik und Briefmarken dienen. Ein Schild «Wir nehmen Benzingutscheine» hing am Hals einer Riesenflasche «Lacrimae Christi». Wie viele Häuser es in San Marino gibt, weiß ich nicht. Es gibt aber bestimmt doppelt soviel Andenkenläden. Das Angebot ist gewaltig. Einen so schlechten Geschmack, daß man hier nicht das Passende fände, kann man gar nicht haben. Besonders reich ist die Auswahl an nackten Negerinnen in allen vorkommenden Stellungen. Typisch bayerische Bierseidel mit der Aufschrift «San Marino» und Balletteusen in Can-Can-Pose verwirrten die geographischen Begriffe eines vor mir wandernden Japaners.

Ein großer Verkaufsschlager sind niedliche, etwa fünf Zentimeter hohe und mit Sinnsprüchen bemalte WC's. Eine Verkäuferin hielt mir so ein Ding entgegen, wischte es mit dem Zeigefinger aus und pries seine vielseitige Verwendbarkeit als Aschenbecher oder Salzfaß. Trotzdem konnte ich mich nicht zum Kauf entschließen. Daraufhin bot sie mir Drahtplastiken an: Pfarrer und Nonnen beim Zerreißen der kommunistischen Zeitung «Umanità», ein beliebtes Mitbringsel rechtgläubiger Bundesbürger. Als auch das nicht zog, schleppte sie eine gewaltige Suppenterrine herbei, auf der sich, zu rosa Haufen geballt, nackte Mädchen wildverknäuelt wälzten. Unter Hinweis auf meine minderjährigen Kinder, denen ich den Appetit auf Suppe nicht verderben wollte, lehnte ich ab. Nun versuchte die verzweifelte Andenken-Industrielle, mir Disney-Figuren anzudrehen. Um nicht mit leeren Händen wegzugehen, kaufte ich schließlich ein Tütchen Briefmarken.

Zu meiner Schande muß ich gestehen, daß mir das Briefmarken-Hobby völlig fremd und unverständlich ist. Die einzigen Marken, die je mein Interesse wecken konnten, waren die Lebensmittelmarken der Kriegs- und Nachkriegszeit. Das von Briefmarkensammlern immer wieder verbreitete Gerücht, begehrenswerte Damen kämen gern in die Wohnung des Anbeters, um sich die Sammlung zeigen zu lassen, halte ich für eine reine Zwecklüge.

Einige philatelistisch infizierte Freunde hatten mir lange Listen von «kompletten Sätzen» mitgegeben, die ich an der Briefmarkenquelle besorgen sollte. Die Wege der Briefmarken San Marinos scheinen aber noch krummer zu sein als die Gassen des Ortes. Als ich dem Postbeamten die Liste hinlegte, lachte er nur und sagte: «Von jeder Serie gibt es hier höchstens noch vier Werte. Die übrigen bekommen Sie mit etwas Glück in den Andenkenläden.» Doch das kann selbst der beste Freund nicht von mir verlangen, daß ich ein paar hundert Souvenir-Karawansereien nach kleingezackten, bunten Papierstückchen durchkämme.

Die Methode, nach der die Republik San Marino eine Briefmarke (Selbstkostenpreis etwa 0,01 Pfennige) zu einem Wertgegenstand macht, scheint mir klar. Von jeder Serie werden nur wenige Werte millionenfach auf den Markt geworfen, keinesfalls mehr, als es Sammler gibt. Die Zwischenwerte bleiben im Tresor der Zwergrepublik. Nach spätestens einem Jahr sind die Sammler bereit, für die fehlenden Marken jeden Preis zu zahlen. Für einen richtigen Philatelisten bedeutet nämlich ein weißer Fleck im Album so etwas wie sammlerische Impotenz, die sich dann auch auf das körperliche Wohlbefinden unangenehm auswirkt.

Lebendiges Mittelalter begegnet dem aufnahmebereiten Fremden in San Marino auf Schritt und Tritt. Jeder Besucher der Adria-Küste ist der festen Überzeugung, einen vollendet schönen Körper zu haben. Anders ist die rücksichtslose

Zurschaustellung von mehr oder weniger angebratenem Fleisch nicht zu erklären. Für die phonetische Schreibweise der handgemalten deutschsprachigen Plakate gibt es eine einfache Erklärung: Die Einheimischen schreiben das Deutsch, das ihre Gäste sprechen.

Und von diesem seltsamen Drang nach der Marke lebt die Republik San Marino, die mit ihren lausigen (ich meine das als Diminutivum und nicht etwa herabsetzend) sechzehntausend Einwohnern in vielen Hauptstädten der Welt eigene Gesandtschaften und Generalkonsulate unterhält. Man darf wohl annehmen, daß auch die Mitglieder dieses diplomatischen Korps diskret Briefmarkenhandel betreiben und deshalb finanziell besser dastehen als mancher amerikanische Botschafter.

Bei meinem Bummel landete ich vor dem drei Fenster breiten Regierungspalast, der von einigen Posten bewacht wurde, die aussahen wie die Zinnsoldaten aus Andersens Märchen. San Marino hat ein stehendes Heer von 180 Mann, und es ist wirklich ein stehendes Heer, denn zum Laufen ist in der Zwergrepublik kein Platz.

In der Halle des Gebäudes wurde mir telefonisch und auf deutsch u. a. folgendes mitgeteilt: «Die Fassade ist in ihren Ausmaßen gut ausstudiert, die Räume haben mittelalterliche Ambiance.» Dieses Wissen kostete mich eine Hundert-Lire-Münze, die ich in einen vollautomatischen Fremdenführer steckte, der aus einem Kasten und einem Telefonhörer bestand. Eine Treppe höher weilte ich ehrfürchtig im Saale des Rates der Republik. Hier werden wirklich weltweite Beschlüsse gefaßt, Beschlüsse, die für alle Markensammler rund um den Globus von größter Bedeutung sind. Über zwei Türen steht ein Spruch, den man gar nicht genug beherzigen kann: «Wehe dem, der einem anderen traut!»

Auf der Dachterrasse des Hotels «Titano» trank ich pflichtbewußt einen Moscato und genoß das herrliche Panorama der Romagna. Leider wurde der Anblick akustisch etwas getrübt durch zwei Männer, die hinter der geschlossenen Markise des Nebenhauses die neuesten Schlager grölten und dazu mit Händen und Füßen den Rhythmus auf Tischplatte und Fußboden schlugen. Eine halbe Stunde lang ertrug ich das, aber dann rief ich den Ober herbei und bat ihn, die Schlager-Fans zur Ordnung zu rufen. «Das geht nicht», sagte er, «es sind Postbeamte beim Stempeln der Marken.» Der Lärm der wichtigsten einheimischen Industrie trieb mich wieder auf die Straße.

Gegen sieben Uhr abends leerte sich das Städtchen schlagartig, weil alle Besucher irgendwo unten an der Adria Zimmer mit Vollpension hatten. Ich blieb noch etwas und wurde köstlich belohnt. Als der letzte Touristenbus abgedonnert war, gingen die Einwohner daran, die mit Andenken, Flaschen, Keramik, Postkarten, Badetaschen und tausend anderen Artikeln behängten Mauern abzuräumen. Darunter kam nun der wirklich hübsche, mittelalterliche Ort zum Vorschein, der vorher nicht zu sehen war.

Als es dunkelte, knatterten Kellner und Andenkenhändler auf Motorrollern zu Tal, um in Rimini, Riccione und Cattolica den Bedarf alleinreisender Damen in südländischem Charme zu decken.

Im Gedränge der Promenade von Riccione sah ich viele Urlauberinnen, die unternehmungslustige Blicke um sich warfen, während aus der Menge immer wieder der Schrei «*La notte! La notte!*» ertönte, ausgestoßen von den Zeitungshändlern mit der Nachtausgabe.

In Riccione's berühmtestem Nachtlokal «La Stalla» habe ich mit einer alten Kuh namens Thekla an der Bar Whisky getrunken. Vorher lag sie vor der Tür und ließ sich von allen Passanten anfassen und streicheln. Der Wirt des Lokals «Der Stall» hatte die großartige Idee, seinem Etablissement durch eine echte, schwarz-weiß-gefleckte lebende Kuh Lokalkolorit zu geben. Um Mitternacht kommt Thekla, laut Plakat «die Freundin Ihrer schönen Stunden», in die Bar. Dort läßt sie sich zu trinken geben und stampft auf dem Tanzparkett zur Freude der verwöhnten Gäste so etwas wie einen Twist zur laut aufheulenden Tanzmusik.

Als ich die Nachtlebekuh Thekla verlassen hatte, fand ich unter meinem Scheibenwischer einen Zettel: «DEUTSCHE! Besucht die *deutsche* Imbiß-Stube in Riccione!» Ich faßte das als Drohung auf und fuhr noch schnell nach Rimini, vorbei an vielen tausend Hollywoodschaukeln, in denen biertrinkende Germanen saßen.

An der Promenade von Rimini stehen in regelmäßigen Abständen weißbärtige Zauberer mit spitzen Hüten und einem Tonband im Bauch. Sie sind aus Pappmaché und verkünden gegen Einwurf von 10 Lire die Zukunft. Ich warf eine Münze in den Schlitz, der Mund des Zauberers öffnete sich und ließ unter anderem vernehmen: «Sie sind ein ausgeglichener Charakter und ein positiver Mensch.» Das muß man aber auch sein, um den Urlaubsbetrieb an der Adria richtig genießen zu können.

Am späten Vormittag des nächsten Tages ging ich zum Strand. Als ich mit nackten Füßen die Badekabine verließ, sprang ich sofort mit einem Schmerzensschrei in meine Schuhe zurück: Der Sand war glühend heiß. Und dann wurde ich Zeuge eines hochdramatischen Schauspiels: Aus der Nebenkabine trat eine deutsche Mutter mit einem nackten Kleinkind auf dem Arm. Sie trug Sandalen und schien gerade in Rimini angekommen zu sein, denn sie setzte den Nackedei ahnungslos in den Sand. Sie hätte das Kind ebensogut auf eine Herdplatte setzen können. Der Sprößling sprang brüllend auf die Füße, riß sie schmerzerfüllt sofort wieder hoch und landete aufs neue mit dem Gesäß in der sandigen Glut, machte dann den Versuch eines Handstands und wirbelte wie vom Veitstanz gepackt in der Luft herum. Ich packte das Kind und reichte es der vor Schreck erstarrten Mutter zu.

Dieser Thermo-Schock dürfte für die Charakter-Entwicklung des kleinen Wesens nicht ohne Folgen bleiben und die Ursache eines tiefen Mißtrauens der Mutter gegenüber werden.

Ich mietete mir einen Sonnenschirm und einen Liegestuhl, in der Absicht, einige beschauliche Stunden zu verbringen. Kaum lag ich, als die an Masten aufgehängten Großflächenlautsprecher in Aktion traten. In vier Sprachen wünschte man mir einen angenehmen Aufenthalt. Dann prasselte Schlagermusik auf mich herab, hin und wieder unterbrochen von Reklamesprüchen und wertvollen Ratschlägen wie: «Kaufen Sie am Strand nur bei denjenigen ambulanten Händlern, die eine progressive Nummer der Azienda di Soggiorno haben.» Was eine progressive Nummer ist, wurde nicht verraten.

Am Nachmittag nahm ich Abschied vom Teutonen-Grill und fuhr noch einmal an der Front der brutzelnden Bundesbürger entlang. So lagen sie nun zu Millionen an allen Küsten des Mittelmeeres, während eine entsprechende Zahl südländischer Gastarbeiter daheim das Wirtschaftswunder in Gang hielt.

In der Schule wurde mir erzählt, jeder vierte Mensch sei ein Chinese. Das fiel mir noch nie auf. Wenn man aber viel herumreist, kommt man zu der festen Überzeugung, daß mindestens jeder zweite Mensch ein Deutscher ist.

Brüder, zur Nacktheit, zur Sonne!

Daß Kampen auf Sylt der ganz große Geheimtip für erlebnisreiche Badeferien ist, weiß wohl jeder. Und deshalb ist der idyllische Ort in der Hochsaison bis auf die kleinste Dachkammer ausverkauft.

Ich wollte nur eine kurze Stippvisite machen und verließ mich auf das vielverbreitete Gerücht, daß man auf Sylt für eine Nacht immer noch sehr leicht etwas findet.

Das Gerücht stimmte ebensowenig wie manches andere, was hinter vorgehaltener Hand vom Leben und Treiben in Kampen erzählt wird. Stundenlang mußte ich in den weitverstreuten, niedrigen Strohdachhäusern herumfragen, bis man mir endlich eine kleine Höhlenwohnung anbot. Sie war in den Steilhang eines «Sonnenkliff» genannten Hügels hineingegraben und mit einem halben Dutzend ähnlicher Urlaubsbehausungen durch schmale, von hohen Sandrosen umwucherte Trampelpfade verbunden. Von außen sahen die aus Ziegelsteinen und Faserplatten zusammengebastelten und vom Besitzer stolz «Bungalows» genannten Notwohnungen ziemlich trostlos aus. Innen waren sie aber hübsch eingerichtet und mit Licht und fließendem Wasser ausgestattet.

Der Vermieter, ein agiler alter Herr in Shorts, wollte mich gerne für zwei Tage aufnehmen, hatte aber keine Bettwäsche mehr. «Die Wäscherei kommt in der Hochsaison nicht nach, sie liefert frühestens übermorgen. Aber Sie kennen doch sicher den Reporter Max S...?» (Er nannte den Namen eines Kollegen, der für eine Illustrierte tätig ist.) Ich gab zu, daß ich Mäxchen kenne. «Großartig», rief strahlend der Schlummervater, «seine Laken und Bezüge habe ich noch, er hat nur eine Nacht drin geschlafen, die können Sie doch als Kollege ruhig nehmen!»

Höflich, aber bestimmt lehnte ich ab, womit nichts gegen Mäxchen S. gesagt sein soll. Ich wollte lieber unter meiner Reisedecke schlafen. Wo kämen wir denn hin, wenn bei fortschreitendem Arbeitskräftemangel die Hotelbettwäsche nach Berufsgruppen weiterbenutzt wird?

Diese kleine Bett-Episode ist natürlich keineswegs typisch für Kampen. Sie wirft aber ein bezeichnendes Schlaglicht auf die Leichtigkeit, mit der hier manche Ferienprobleme gelöst werden.

Nun strebte ich zum Badestrand. Aber wo war er? So weit das Auge reichte, sah man nur Dünen, Dünen und nochmals Dünen, dazwischen eine stark befahrene Autostraße. Der Zufall wollte, daß zwei Damen in neckischen Spielanzügen den Trampelpfad vor meiner Hütte entlangkamen. Ich fragte sie nach dem Weg zum Strand. «Gehen Sie mit uns», sagte die eine, «wir kennen eine Abkürzung!»

Ich stellte mich vor und merkte zu meiner Freude, daß die beiden

Strandnixen literarisch hochgebildet waren, denn sie kannten mein nunmehr in drei bescheidenen Bänden vorliegendes Gesamtwerk.

Auf dem halbstündigen Fußmarsch durch die Dünen erzählten sie mir Kampener Geschichten.

Ich erfuhr, daß Sylt ein sogenanntes Reizklima hat. Wer zum Trunke neigt, trinkt hier angeblich das Doppelte. Und mit allen anderen Schwächen soll es, wenn ich den Damen glauben durfte, ähnlich sein. An der letzten Dünenkuppe vor dem Strand kam uns auf dem schmalen, durch den Sand führenden Holzsteg ein splitternackter Mann entgegen. Er hatte mit dem klassischen Apoll nur das Konstruktionsprinzip gemeinsam, ansonsten Hängeschultern, Spitzbauch und O-Beine. Die Damen stutzten, aber nicht wegen des Adams, sondern wegen meines erstaunten Gesichtsausdrucks.

«Wollten Sie etwa *nicht* zum FKK-Strand? Alle besseren Leute gehen hierher. Zum Textilstrand gehen doch nur noch die Spießer!»

«FKK» heißt «Freikörper-Kultur». Das Wort ist ein echtes Mißverständnis, denn bekanntlich fing die Kultur damit an, daß die Menschen ihre Blößen mit irgend etwas Hübschem bedeckten, einem Tierfell oder einem Stückchen bunten Stoffes. Die Freikörperkulturschaffenden tragen dagegen, wenn es irgend geht, keinen Faden am Leibe.

Leicht geniert blieb ich stehen. Da sagte die eine Dame: «Sie können ruhig Ihre Hose anbehalten, solange wir zu unserem Strandkorb gehen.» Ein großzügiges Angebot.

Hinter der Dünenkuppe entfaltete sich vor mir eine Szenerie, wie ich sie bisher nur aus Angstträumen oder künstlerischen Darstellungen des Jüngsten Gerichts kannte. Tausende von nackten Männlein und Weiblein gaben sich der Sonne, dem Meere und Ballspielen hin. Wegen der kühlen Brise trugen einige FKK-Anhänger kurze Hemden oder Pullover, doch nur oben.

Wer sich nun unter einem Freikörperkultur-Strand etwas die Sinne Aufreizendes vorstellt, täuscht sich gewaltig. Etwas Deprimierenderes kann es kaum geben. Meine erste Gedanken-Assoziation: Zoologischer Garten. Viele der Nackedeis hatten sich nämlich, bevor sie hierherkamen, irgendwoanders mit Badehose bräunen lassen. Die nun nachträglich der Sonne ausgesetzten Gesäße leuchteten frischverbrannt und rot, was den unvoreingenommenen Beschauer sofort an Paviane denken ließ.

Meine zweite Gedanken-Assoziation war die einer Musterung beim Militär. Das Ganze sah aus, als kämen gleich die Stabsärzte, um die Leute je nach Geschlecht zur Infanterie, zur Artillerie oder zu den Nachrichtenhelferinnen einzuteilen.

Meine Begleiterinnen machten mich mit den Grundregeln des FKK-Lebens vertraut: «Sonnenbrillen sind verpönt, weil man da nicht weiß, wo Sie hingucken. Vor allem müssen Sie immer so tun, als ob Sie und alle anderen eine Hose anhätten.»

Da könnte man sie ja gleich anbehalten, aber das wollen die FKK-ler auch wieder nicht.

Wir gingen zwischen den vollbesetzten Strandkörben und Sandburgen hindurch. Jedem, der bisher den FKK-Strand mied, weil er sich nicht für schön genug gewachsen hielt, kann ich verraten: Er mag unbesorgt hingehen, denn so mißgestaltet kann man gar nicht sein, daß man hier nicht noch Schlimmeres fände.

In einem Strandkorb saß eine etwa zwei Zentner schwere Dame, die nur mit einem kleinen, lebensfrohen Rhesusaffen bekleidet war, der auf ihrem Busen herumturnte. Man sagte mir, daß diese Tierfreundin damit sehr geschickt das Verbot umging, Hunde an den Strand mitzubringen.

Unten am Strand kam uns ein seltsames Paar entgegen: Beide paradiesisch nackt, der Herr trug seine Badehose aber auf dem Kopf, und die Dame hatte sich den Bikini um die Frisur geknotet. Es handelte sich um Leute, die eine längere Wattwanderung machten, und da außerhalb des FKK-Strandes Hosenzwang herrscht, hatten sie ihre Textilien griffbereit bei sich.

Ich begleitete meine beiden Weggefährtinnen weiter bis zu ihrem Strandkorb. Dort traf ich Freunde aus Berlin. In nackten Worten sagte man mir: «Wenn Sie hierbleiben wollen, müssen Sie sich den FKK-Bräuchen fügen.»

Was blieb mir übrig? Nichts. Wer hier eine Hose anhat, kommt sich vor wie ein nackter Mann auf einer korrekt gekleideten Abendgesellschaft.

Wir liefen hinunter zum Meer, um zu baden. Aber das rechte Freikörpergefühl wollte sich bei mir nicht einstellen. Mich bedrückte, wenn ich so sagen darf, die fehlende Badehose. Während alle anderen sich kreischend in die rauschende Brandung stürzten, wich ich ängstlich zurück und verzichtete. Wer die reiche Nordsee-Fauna kennt, die vom zangenbewehrten Taschenkrebs über den stachligen Seeigel bis zur heftig beißenden Qualle alle Spielarten aufweist, wird Verständnis dafür haben.

Auf dem Rückweg zum Strandkorb bat mich eine Dame um Feuer, ein Beweis dafür, daß Freikörperkultur optimistisch macht.

Mir fiel auf, daß fast nirgends am Strand gelacht wurde. Wahrscheinlich wollen die Leute den Verdacht vermeiden, daß sie den Anblick der anderen komisch finden.

Wie froh war ich, als ich endlich meine Hose wieder anhatte! Und als ich dann nach kurzer Dünenwanderung den Textil-Strand erreichte, sang ich innerlich das Lob der Bademoden-Schöpfer, denen wir so viele schöne Illusionen verdanken. Die bunten Farbflecken der Bikinis und Badehosen waren nach dem reichlich zoologischen Gesamteindruck des FKK-Strandes eine Wohltat fürs Auge. Schöner waren die Menschen

Mit Worten läßt sich ein Freikörperkultur-Strand kaum beschreiben. Auch diese Zeichnung kann dem Leser natürlich bei weitem nicht alles zeigen, was an einem Tummelplatz der Lichtfreunde zu sehen ist. Die im Prinzip wahrheits-

hier auch nicht, aber in ihren Bewegungen viel freier. Daraus möchte ich den tiefgründigen Lehrsatz ableiten:

Eine Hose, die man nicht anhat, hemmt. Und Leute, die sich in Gesellschaft ohne Hose freier fühlen, sind irgendwo verklemmt.

Der appetitlichste Anblick dieses Tages wurde mir in Keitum geboten, einem wunderhübschen, nur zehn Kilometer von Kampen entfernten Dorf. Beim «Fisch-Fiete», wo laut Speisekarte «nach alter deutscher Sitte» gekocht wird, bekam ich «Muscheln à la Fiete» vorgesetzt. Von einem italienischen Ober serviert, nach neuer deutscher Sitte. Die Muscheln waren ohne Schale, sozusagen FKK-Muscheln, aber bei dieser Spezies von Schaltieren mag das angehen.

Bei Einbruch der Dunkelheit fuhr ich mit einem Taxi nach Kampen zurück, um das berühmt-berüchtigte Nachtleben zu inspizieren. Der Chauffeur entpuppte sich als Soldat, der tagsüber im nahegelegenen

getreue, in der Ausführung aber stark geschmeichelte Wiedergabe textillosen Badelebens vermag dem Beschauer nur einen ungefähren Eindruck zu geben. Der aber genügt völlig. An Geselligkeit ohne Hose gewöhnt man sich schneller, als der Laie glaubt.

Fliegerhorst Dienst schob und abends mal etwas Nützliches tun und außerdem ein paar Mark verdienen wollte.

Während wir durch das Gewühl teuerster Wagen hindurchlavierten, klagte er: «Die fahren hier alle wie die gesengten Säue. Am schlimmsten sind die alten Kerls mit den dicken Sportwagen, die sich hier Teenager aufreißen. Die Mädchen fliegen auf die PS, die einer unter der Motorhaube hat. Mehr ist ja auch meistens nicht da.»

In diesem Augenblick überholte uns laut aufheulend ein zweisitziger Jaguar, der sich vor einem entgegenkommenden Ferrari gerade noch in eine Kolonnenlücke drängen konnte. Am Steuer saß eine knapp volljährige Blondine, daneben ein Endfünfziger, dem die Haare bei dieser Fahrweise nicht zu Berge stehen konnten, weil er keine mehr hatte.

«Die Puppe habe ich gestern noch in einem Porsche beifahren sehen», sagte der Taxifahrer, «die arbeitet sich langsam rauf!»

Und dann wies er mich nicht etwa auf die landschaftlichen Schönheiten der Insel hin, sondern auf diejenigen Stellen, an denen es in diesem Jahre schon schwere Unfälle gegeben hatte. Zehn Unfalltote, alle wegen überhöhter Geschwindigkeit, hatte das Ferienparadies seit Saisonbeginn bereits zu verzeichnen. Der Promillegehalt liegt auf den Straßen Sylts nachts weit über dem Bundesdurchschnitt, denn hier gibt man sich abends dem Suff hin. Wahrscheinlich, um das desillusionierende Bild des FKK-Strandes zu vergessen.

Meine erste Station war «Ponys Bar», ein strohgedecktes Bauernhaus, das innen als «Western Saloon» eingerichtet ist. An der halbhohen Klapptür stand eine blonde Dame in grünseidener Bluse, sah mich scharf (im Sinne von «musternd») an und sagte:

«Es ist alles besetzt!» Ich guckte hinein: Das Lokal war höchstens zur Hälfte gefüllt.

«Alles reserviert!» teilte mir die Zerberussin mit. Auf meine Frage, wann ich es noch mal versuchen könnte, kam die überraschende Antwort: «Im Oktober.» Solange wollte ich nicht warten, denn es war Anfang August. Mit einigen anderen abgewiesenen Pony-Aspiranten verließ ich das Etablissement und hörte, wie die verhinderten Gäste ehrfurchtsvoll äußerten, daß es hier eben besonders exklusiv sei und daß die Prominenten mit Recht unter sich sein wollten. Vor der Tür traf ich einen Bekannten, Inhaber einer Hamburger Reinigungsfirma. Mit dieser echten Prominenz kam ich ohne weiteres hinein.

Das Bedienungspersonal war eine Augenweide. Drei bildhübsche Mädchen in hautengen Strandhosen, dazu natürlich auch eine Bluse. Der FKK-Gedanke ist erfreulicherweise noch nicht bis in die Lokale gedrungen, denn hier sollen die Gäste ja Appetit bekommen.

Mein Prominenter duzte das ganze Personal einschließlich Barmann. (Das ist bekanntlich das Höchste, was man in diesem Leben erreichen kann.) Er vertraute mir an, daß die eine Kellnerin Drogistin sei, die zweite bald Starlet und die dritte Krankenschwester. In welchem Krankenhaus konnte ich leider nicht herausbekommen. Die jungen Damen verbrachten hier einen wohldotierten Urlaub.

Trotz schärfster Gäste-Auswahl, die von der grünseidenen Dame an der Tür getroffen wurde, war das Lokal binnen einer halben Stunde so voll, daß kein Apfel mehr zur Erde fallen konnte. Aber Twist wurde trotzdem getanzt. An der Bar standen die Gäste in drei Reihen hintereinander. Für die hinten Stehenden hing unter der Decke ein Brett zum Abstellen der Gläser.

Wenn man den Gesprächen lauschte, mußte man den Eindruck gewinnen, daß dieses Lokal dem Freundeskreis des Krupp-Bevollmächtigten Beitz als Treffpunkt diente. Ich schnappte auf: «Also ick sage zum Beitz, also Berthold, sage ick...» – «Ich rauf zum Beitz und sage: Nun höre mal zu...» usw. Der Beitz mit seinem Ferienhaus auf Sylt muß einen gewaltigen Freundeskreis haben, von dem er selber womöglich noch gar nichts weiß.

Auch der Name eines Hamburger Zeitungsverlegers, der seine Kampener Liegenschaften im Hubschrauber anzufliegen pflegt, wurde oft genannt. Er schien aber als Sozial-Prestige nicht so hoch im Kurs zu stehen.

Wer nicht mit seinen Beziehungen protzte, sprach über sein Auto. Und wenn das nicht zog, redete man von der Liebe, und zwar in einer Offenheit, die ich bisher nur aus medizinischen Veröffentlichungen kannte.

Nebenan bei «Charly» hatte die Innenausstattung einen völlig anderen Stil. Kronleuchter, Spiegel, venezianisches Glas, Samt, Seidendraperien, chintzbezogene Sessel und dicke Teppiche. Das alles befand sich unter einem anheimelnden Strohdach und sollte dem Gast ein echtes Wohlstandsgefühl vermitteln.

Aber auch mit ärmlichster Ausstattung kann man snobistische Gäste anlocken, wie Valeska Gerts «Ziegenstall» beweist. Man sitzt auf Strohsäcken vor kleinen Holzkrippen, in denen die Gläser stehen. Die angeblichen Nachwuchsschauspielerinnen, die das Programm mit literarisch mehr oder weniger hochstehenden Nummern bestreiten, machen dem «Ziegenstall» alle Ehre.

In der «Kupferkanne», einem ehemaligen Flakbunker und einer noch ehemaligeren Thing-Stätte, saufen die Germanen aller Altersklassen immer noch eins, und in der «Buhne 16» kann man kurz vor Lokalschluß das Spezialgetränk «Tirili-Tirila» bekommen, vor dem ich jeden warnen möchte, denn es ist nicht nur enorm teuer.

Stark verkatert fuhr ich am nächsten Morgen nach Westerland. In diesem Badeort weht ein viel rauherer Wind als in Kampen. Die Pensionen heißen «Germania», «Viktoria Luise», «Windhuk», «Bismarck» oder «Schützenhaus». Und wenn sie anders heißen, sehen sie doch so aus. Wie Rothenburg ob der Tauber das gut erhaltene Mittelalter repräsentiert, ist Westerland eine Architekturperle aus der Zeit um die Jahrhundertwende. Es hat deshalb auch ein ganz spezielles Publikum.

Nach Westerland gehen Leute, die alles lieben, was hart macht. Und das tut das Seeklima. Die rührige Kurverwaltung hat, um mit der Zeit zu gehen und Kampen etwas Nudität abzugraben, ebenfalls einen FKK-Strand eingerichtet. Er ist aber bei weitem nicht so frequentiert wie der Westerländer Textilstrand. Hier ist man konservativ, was nicht unbedingt «prüde» bedeutet. Im Schaufenster eines Fotogeschäftes las ich den Hinweis: «Im Laden große Auswahl von Strandfoto-Dias, nur für Erwachsene.» Daneben lag ein Album mit der goldgeprägten Aufschrift «Meine Dienstzeit». Auch ein «Bruststativ für alle Zwecke» wurde angeboten, sicher ein sehr interessantes Gerät.

Am Abend besuchte ich den großen «Filmnachwuchswettbewerb»

im Tivoli. Diese Veranstaltung wird seit nunmehr vierzig Jahren von einem gewissen Herrn Fischer aufgezogen, der die Festivität mit einigen ihn selber ergreifenden Worten eröffnete und unter anderem sagte: «Viele der Bewerberinnen meiner früheren Konkurrenzen sind beim Film etwas geworden, wenn sie nur richtig wollten.» Wie wichtig das beim Film ist, bewies der Beifall. Der Conferencier, der dann auftrat, kannte sein Publikum. Er erzählte den Witz von dem neuen italienischen Tank, der auch einen Vorwärtsgang hat. (Das war schon der Witz, und die Gäste brüllten vor Lachen.) Dann behauptete er, daß der Herrgott, im eklatanten Widerspruch zu einem bekannten Wiener Lied, keinesfalls Wiener sein könne. Denn dann wäre die Welt bis heute nicht fertig. Mit solchen wohlgezielten Pointen kitzelte der Alleinunterhalter das Nationalbewußtsein seiner Zuhörer dort, wo es am dunkelsten ist.

Nach dieser geschickten Vorwärmung des Publikums begann die Parade der nach Filmruhm dürstenden Amateurinnen. Der Plauderkünstler fragte jede Bewerberin nach ihrem Namen und machte dabei charmante Scherzchen wie: «Sie sind also Fräulein Mönkemeyer... hieß Ihr Vater auch Mönkemeyer?» Das Gelächter war groß, und auch Fräulein Mönkemeyer lachte herzlich mit.

Die jungen Damen wurden nach ihren Hobbies gefragt. Fast alle antworteten. «Reiten, Schwimmen, Segeln und Lesen.» Nur eine gab als Hobby «Schwere Musik und kleine Kinder» an, was dem Conferencier Gelegenheit zu köstlich humorigen Anspielungen gab.

Ebenso dankbar waren die Antworten auf die Frage nach dem Beruf, denn fast alle sagten: «Ich lerne noch...» Als ein Mädchen sich als «Mannequin und Fotomodell» bezeichnete, fragte der Showmaster charmant: «Wie interessant! Was gibt's denn Neues in London?» Das geistig außerordentlich rege Publikum verstand sofort, was gemeint war, und lachte aus vollem Halse.

Vierzehn Leinwand-Aspirantinnen trabten, stelzten oder stakten dann mit numerierten Papptafeln um die Tanzfläche herum, immer wieder vom Conferencier ermahnt, «die Nummer stets hochzuhalten». Und sogar das gab dem Publikum Anlaß zur Heiterkeit.

Ich ging vorzeitig, ohne erfahren zu haben, welche Maid die auf einem Plakat versprochenen «sehr netten Preise» errang. Ob man die eine oder andere demnächst auf der Leinwand erleben wird, ist schwer zu sagen. Beim deutschen Film ist nichts unmöglich.

Ich machte noch eine kleine Runde durch die Lokale. Überall wurden unheimliche Mengen von Schnaps und Bier konsumiert. Als Begründung wurde mir angegeben, daß die Kurgäste aus gesundheitlichen Gründen tagsüber in der Trinkhalle Meerwasser mit Tomate trinken. Das macht natürlich Durst.

Sylt ist also, wie man sieht, die ideale Urlaubsinsel. Es gibt dort Erholungsformen für jeden Geschmack. Von der knallvollen, kontaktfördernden Tanzbar bis zur seewindumspielten Watt- und Düneneinsamkeit. Das harte, aber gesunde Klima hat den Vorteil, daß Sie Ihre Ski-Pullover auch im Sommer benutzen und somit schneller amortisieren können.

Sylt bietet Sonne, See, Sand, Suff und sogar Sex. Letzteres allerdings nur, wenn Sie sich etwas Mühe geben und den FKK-Strand meiden.

Rheinwein, Rummel und Romantik

Kein Strom der Welt hat Dichter und solche, die sich dafür hielten, so stark zur Absonderung von Versen veranlaßt wie der Rhein. Daß er auch heute noch zum Dichten anregt, konnte ich an der Landungsbrücke in Mainz beobachten. Dort malte der Schalterbeamte folgenden selbstgemachten Vers liebevoll auf eine große Tafel:

Autofahren strapaziös,
Schilder, Stockungen machen nervös!
Will man seine Nerven stählen,
Muß man eine Rheinfahrt wählen!

Das ließ ich mir nicht zweimal sagen. Eine kleine Nervenstählung kann man immer brauchen, zumal das letzte vaterländische Stahlbad schon erstaunlich lange zurückliegt.

Ich hatte das große Glück, auf einem zwischen Basel und Rotterdam verkehrenden Passagierschiff für zwei Tage eine Kabine zu bekommen, mit großem Aussichtsfenster und einem Zahnputzglas, das durch eine Magnet-Einlage am Waschbecken festgehalten wurde und deshalb nicht scheppern konnte.

Majestätisch glitt das blütenweiße Schiff dem Vater Rhein den Buckel runter, vorbei an Rebenhügeln und gewaltigen Werken der chemischen Industrie. Beide haben natürlich nichts miteinander zu tun. Für die reinheitsbewußten Winzer sind Kontakte zur Chemie etwa das, was Ostkontakte für Politiker sind. Böse Weinkennerzungen behaupten allerdings, daß es hin und wieder Querverbindungen gäbe. Sehr schlimm kann es aber nicht sein, denn ein angeklagter Weinpanscher brachte kürzlich zu seiner Verteidigung vor: «An meinen Weinen ist noch keiner gestorben!» Daß er trotzdem verurteilt wurde, ist ein erfreulicher Beweis für den Willen der deutschen Justiz, wenigstens den deutschen Wein sauber zu halten.

Auf dem Oberdeck lagen die Passagiere in bequemen Stühlen neben dem Swimmingpool und sogen sich voll Romantik. Jeder hatte den auf anderthalb Meter Länge verkleinerten Rhein mit eingedruckten Erklärungen auf dem Schoß. Ein korrekter Schweizer hakte das Gesehene jeweils ab. Fast lautlos zog das Schiff an berühmten Flaschenetikett-Orten vorbei. Ich machte es mir bequem, jeden Augenblick mit einem aus den Lautsprechern herniederprasselnden Rheinlieder-Potpourri rechnend. Aber nichts dergleichen geschah. Die nervenstählende Ruhe wurde nur hin und wieder vom Aufkreischen der Mitglieder eines Kölner Damenkegelklubs unterbrochen. Die durchweg stark ausgereiften Damen erzählten sich Herrenwitze.

Die umsitzenden Engländer, Amerikaner, Holländer und Skandinavier zuckten bei jedem Kreischen indigniert zusammen. Sie wußten nicht, daß es keine bessere Vorbereitung für den am Abend geplanten Besuch der Rüdesheimer Drosselgasse geben konnte.

An Steuerbord wurde Skat gedroschen, und zwar vom Pendant des Kölner Damenkegelklubs, einem Frankfurter Herrenkegelverein.

Fast alle Passagiere lasen die Namen der vorbeiziehenden Rheinkähne laut vor. Etwas peinlich mußte es jeden national denkenden Bundesbürger berühren, daß so viele fremdländische Kähne das Bett des deutschen Rheines benutzten. Anstatt das so diskret wie möglich zu tun, machten die französischen Lastschiffe auch noch Reklame für die Konkurrenz, denn die Kähne unter der Trikolore führten berühmte Weinnamen wie «Château d'Yquem», «Pommard», «Clos de Vougeot» und «Château Lafitte». Da nimmt es einen nicht wunder, wenn manche rheinische Traube sauer wird.

Als wir am Schloß Johannisberg vorbeifuhren, der Heimstätte eines der berühmtesten deutschen Weine, rief uns der Gong in den Salon. Dort gab es nicht etwa, wie ich im stillen gehofft hatte, einen erlesenen Tropfen, sondern Tee und Kaffee. Dazu reichten die Ober süßes Backwerk. Ein diskret zuschlagender Pianist servierte Lieder, in denen «Rhein» sich immer wieder so glücklich auf «Wein» und «Mägdelein» reimt. Wie froh können wir sein, daß bei der Namensgebung der Wasserwege die Bezeichnung «Neiße» auf einen weiter östlich liegenden Fluß fiel und nicht auf Deutschlands rebenumsäumten Renommier-Strom.

Vom Pianisten vorsichtig auf die zu erwartende rheinische Fröhlichkeit vorbereitet, gingen die Passagiere in Rüdesheim, wo das Schiff für eine Nacht festmachte, an Land. Zwei ältere, sehr steife Engländerinnen wollten an Bord bleiben, weil sie fürchteten, in dem berühmten Weinstädtchen würde es zu *noisy*, zu geräuschvoll, sein. Den Überredungskünsten einiger Mitreisender gelang es aber, sie von Bord zu schaffen. Die Kegelbrüder und Kegelschwestern, die sich dank ihrer gemeinsamen Sportinteressen beim Tee menschlich nähergekommen waren, marschierten geschlossen über den Landungssteg, um eine Kegelbahn zu suchen.

Eine enorme Auswahl von Holztellern, Aschenbechern und Weinpokalen wurde im Mekka deutscher Weinseligkeit angeboten. Die aufgemalten Reime bewiesen aufs neue, wie befruchtend der Rebensaft auf Lyriker wirkt. Viel belacht wurde ein Aschenbecher mit dem Zweizeiler:

Wenn's Ascherl brummt,
Ist's Herzerl gesund!

Fachärzte werden sicher gegen diese Art der Diagnose einiges einzuwenden haben – aber welch köstlicher, volksnaher Humor spricht aus dem schlichten Reim!

Ein Wandspruch, der in jedem Andenkenladen in vielen Größen und Ausführungen zu finden ist, lautet:

Mancher hat ein trautes Heim –
Mancher traut sich nicht heim!

Das Versmaß des Spruches mag anfechtbar sein, der innere Gehalt ist es wohl nicht, denn immer wieder brachen Passanten in fröhliches Lachen aus, wenn sie den Vers lasen. Von da bis zum Kauf war nur noch ein Schritt, der gerne getan wurde.

Tief beeindruckte mich auch ein Glasbecher, auf dem geschrieben stand:

Wer Geld hat, schickt die Frau ins Bad –
Wer keins hat, schrubbt sie selber ab!

Wie köstlich muß ein edler Tropfen aus einem solchen Glase munden, zumal noch ein dickes nacktes Weib, in einem Waschzuber stehend und von Künstlerhand schweinchenrosa koloriert, das Trinkgefäß ziert.

Wo Bacchus ist, da ist auch Venus – heißt es in einem alten lateinischen Spruch. Dem tragen die Andenkenhändler mit einem als «Originelles Einstecktuch» plakatierten Scherzartikel Rechnung. Man steckt dieses Tüchlein zusammengefaltet in die Brusttasche, um es in fröhlicher Runde wie versehentlich herauszuziehen. Der Erfolg ist umwerfend, denn das Tuch entpuppt sich als seidenes Damenhöschen.

Wer nun glaubt, eine Steigerung dieser Pointe sei nicht mehr möglich, unterschätzt den Einfallsreichtum der Scherzartikel-Industrie. Auf das Höschen ist nämlich ein kleiner Storch gestickt. Ein zusätzlicher todsicherer Lacher. Da ist es kein Wunder, wenn die Besucher der Drosselgasse schon lustig sind, bevor sie einen Tropfen Wein getrunken haben.

Ich kaufte mir einen Strohhut, um in der fröhlichen Menge nicht unangenehm aufzufallen. Die Wichtigkeit einer albernen Kopfbedeckung bei der Erzeugung innerer Gelöstheit ist ja allgemein bekannt.

Um mir einen Überblick zu verschaffen, ließ ich mich vom Gedränge der Romantiksucher die enge Drosselgasse hinaufschieben. Die Fachwerkhäuser müssen wunderhübsch gewesen sein, bevor die Lichtreklamen an ihnen hochwucherten. Am stärksten leuchteten die Markenzeichen der rheinischen Bierbrauereien, die hier stark vertreten sind und dem Wein, was ich richtig zu verstehen bitte, viel Wasser abgraben.

Bei der «Lindenwirtin» spielte ein sehr italienisch klingendes Orchester Jazz, daß die Butzenscheiben schepperten. Aus dem Weinhaus «Rüdesheimer» drang das vielstimmig gesungene Lob auf die rheinischen Mädchen, die in Verbindung mit rheinischem Wein der Himmel auf Erden sein sollen. Im «Drosselhof» tanzte man in einer Dekoration konzentrierter Trinkstuben-Romantik Twist und Bossa Nova.

Ein Haus weiter wurde ein fünfpromilliger Zecher von zwei Kellnern herausgeschleppt und sanft vor eine Tür gesetzt, auf der in prächtiger Holzschnitzarbeit zu lesen stand:

«Ein froher Gast ist niemals Last!»

Das obere Ende der Drosselgasse geht ziemlich steil bergan. Dort steht die bestgehende Wurstbude, die ich je sah. Wie der Wurstmaxe innerhalb von zwei Sekunden einen Fächer von acht Pappdeckeln mit genau gleich großen Senfportionen versah, das grenzte schon an Artistik.

An der Steigung drehte ich mich um und wollte das turbulente Bild der romantischen Gasse von oben betrachten. Da verlor ich die Balance. Eine geheimnisvolle Kraft riß die Beine unter mir weg, mit den Händen suchte ich Halt an einem Mauervorsprung, griff in etwas Glitschiges und segelte wie auf Schmierseife etwa zwei Meter weit. Bei näherem Hinsehen mußte ich feststellen, daß der Boden über und über mit senfbeschmierten Papptellern bedeckt war. Und auch auf sämtlichen umliegenden Simsen hatten die Wurstkunden das nach dem Mahl nicht mehr Benötigte abgelegt.

Das Gelächter rundherum war groß, denn man hielt mich für volltrunken.

Vergeblich suchte ich nach einer Weinstube ohne Rundgesang und Bumsmusik. Doch auf diese abseitige Art des Weingenusses ist man in der Drosselgasse nicht eingerichtet.

Ich bog in eine Seitenstraße ein und landete an der Talstation der Seilschwebebahn zum Niederwalddenkmal. Gerne wäre ich hinaufgefahren, um die in Erz gegossene Verherrlichung von Deutschlands Größe zu betrachten und der Germania in den hohlen Kopf zu steigen, was angeblich möglich ist. Der Dame ist schon vieles zu Kopf gestiegen. Leider ist dieses Symbol der deutschen Herrlichkeit nur bis 18 Uhr geöffnet.

Neben der Talstation liegt eine Kellerkneipe. Kurz entschlossen stürzte ich mich in das, was rund um den Erdball als «Deutsche Gemütlichkeit» gerühmt wird. Sie besteht nach einhelliger Meinung aller von mir befragten Ausländer darin, daß man sich hinter Butzenscheiben betrinkt und dabei laut singend gegenseitig anfaßt. Diese kontaktfördernde Tätigkeit hebt erfahrungsgemäß das seelische Wohlbefinden. Sie gibt dem von Lebensangst Geplagten festen Halt am Nebenmann, der seinerseits wiederum das schöne Gefühl hat, vom Mittrinker gehalten zu werden.

Als ich mich setzte, sangen über hundert volle Kehlen den Evergreen

Dieses Warnschild «Vorsicht, kurvenreiche Fußgänger!» sollte zur Vermeidung von Blechschäden an allen rheinischen Ortseinfahrten aufgestellt werden.

«Waldeslust, Waldeslust, ach, wie einsam schlägt die Brust ...!». Ich sah mir die vielen wildschunkelnden Damen rundherum an – nirgends eine Brust, die einsam schlug.

Die Kellnerin brachte mir eine Flasche (Schoppen gibt es aus kommerziellen Erwägungen nirgends) und ein Liederbüchlein, damit ich meine Stimme zum Lobe des Weines, des Rheines und der an demselben wohnhaften Damen miterschallen lassen konnte. Vorläufig war mir nicht danach. Ich blätterte in dem Heft und fand Perlen vaterländischer Weinverbrauchslyrik. Von der Frage «Hast du geliebt am schönen Rhein» bis zur schwer nachweisbaren Behauptung «Es liegt eine Krone im tiefen Rhein» konnte man alle Verse vom Blatt singen, die das Herz höher schlagen und die Stimme lauter dröhnen lassen. Trotz offizieller Verbrüderung mit Frankreich verzichtete man auch in dem 1963 gedruckten Heft nicht auf das Lied:

Mag der Franzmann eifrig loben
Seines Weines Allgewalt,
Mag er vor Begeisterung toben,
Wenn der Kork der Flasche knallt –
Nur am Rheine will ich trinken
Einen echten deutschen Trank,
Und solang noch Becher blinken,
Töne laut ihm Lob und Dank.

Der Rhein durfte zufrieden sein. Lauter als hier in der Drosselgasse konnte ihm Lob und Dank kaum tönen. Kenner behaupten allerdings, ein leise genossener Rheinwein schmecke besser.

Als der Wirt fünf bereits leicht angesäuselte Damen im biblischen Alter an meinen Tisch setzte, war ich gezwungen, in den Chor einzustimmen. Ich wurde von beiden Seiten an den Armen gepackt und heftig hin und her bewegt. Dazu mußte ich laut singend versichern, daß ich, wenn überhaupt, nur ein am Rhein geborenes Mädel freien würde.

Dann bat mich die kräftigste der fünf Damen zum Tanz. Ich konnte mich ihr schlecht verweigern. Als wir dampfend an den Tisch zurückkehrten, ertönte auf Veranlassung des Wirtes das Animierlied «Jetzt trinken wir noch ein Flascherl Wein, holderioh!». Da habe ich mich verdrückt.

Draußen schien der Mond. Die «Prosits der Gemütlichkeit» quollen aus allen Ritzen der Fachwerkhäuser. Sollte es wirklich unmöglich sein, ein Lokal zu finden, wo die schöne Blume eines guten Rheinweins nicht vom Lärm geknickt wurde?

Da leuchtete mir aus einer Seitengasse ein einsames Schild entgegen: «Zum Bacchus». Der Name des Weingottes konnte nur einem Ort dienen, der wirkliche Genießer zu gepflegtem Trunk vereinte. Ich eilte auf das Schild zu, stutzte allerdings, als ich die Kellertreppe hinunterstieg. Auf der Wand neben der Treppe lag ein etwa drei Meter langes nacktes Mädchen, in sehr suggestiver Position hingemalt. Darunter der in diesem Zusammenhang etwas seltsam anmutende Spruch:

Frohsinn ist für jedermann –
auf die Haltung kommt es an!

Noch mehr stutzte ich beim Betreten des Lokals. Es war eine elegante Bar, ein Nachtlokal, nicht anders als in jeder Großstadt zwischen Hamburg und Tahiti. Ich retirierte.

Am oberen Ende der Drosselgasse wich ich, durch Erfahrung gewitzigt, im Zickzackgang den am Boden liegenden Senfpappen aus.

Meine nächste Station war der «Drosselhof», dessen Geschäftsführer mich irgendwoher kannte. Er servierte mir eine Spätlese von einzigartiger Köstlichkeit und das dicke, schweinslederne Gästebuch.

Ein gewisser Hanns Kappel hatte hineingeschrieben:

Was man möcht haben so gerne,
Liegt in weiter Ferne.
Des Lebens schönster Traum
Bleibt Traum.

Leider hatte Herr Kappel keine Adresse angegeben, sonst hätte ich ihn postalisch, Diskretion natürlich zugesichert, nach dem Traum gefragt. Vielleicht haben wir denselben.

Herr Karl Freidank, laut eingeklebter Visitenkarte «President of Finkeldey Baking Corporation Brooklyn USA», scheint sich hier ganz besonders gut unterhalten zu haben. Er schrieb:

... und neben mir das junge Weib,
das sorgte für den Zeitvertreib.

Ich hoffe, Herrn Freidank mit dieser Veröffentlichung keine familiären Ungelegenheiten zu bereiten.

Wie beliebt wir Deutschen in der Welt sind, bewies einmal mehr die Eintragung eines Japaners. Seinen Namen schrieb er in fernöstlichen Schriftzeichen. Aber darüber hatte er sauber in lateinischen Druckbuchstaben seine Rüdesheimer Erinnerungen in einem Satz zusammengefaßt: «Deutschland über alles!» Vielleicht war er total betrunken.

Trotz des Radaus trank ich die Spätlese mit Genuß und ging, als zum Schunkeln geblasen wurde.

Auch im «Rüdesheimer», den ich zum Abschluß aufsuchte, schlug die Gemütlichkeit haushohe Wellen. Dort führten die beiden Engländerinnen, die eigentlich auf dem Schiff bleiben wollten, zur Melodie «It's a long way to Tipperary» eine Marschpolonäse an. Die vaterländische Weise aus vollem Halse singend, warfen die greisen Töchter Albions Arme und Beine wild um sich. Sie machten einen sehr gelösten Eindruck. Ihren Busen hatten sie mit kleinen, von einer Taschenlampenbatterie gespeisten roten Lämpchen markiert, einem Verkaufsschlager des ambulanten Zigarettenmannes.

Ich wurde in die Polonäse hineingezogen und trabte, die Hände auf den spitzkantigen Schultern einer Amerikanerin und die unheimlich fest zupackenden Pranken eines skandinavischen Naturburschens auf meinen schwachen Schultern, durch alle butzenscheibenverglasten Räume des Etablissements. Auch hier konnte ich wieder das Phänomen beobachten, daß beim Unfugtreiben gegenseitiges Anfassen das Gewissen beruhigt, denn was alle mitmachen, muß richtig sein. Auf dieser Basis wurde schon oft Geschichte gemacht.

Als ich erschöpft auf einen Stuhl sank, brachte eine Kellnerin Weinkarte und Liederheft. Die letzte Seite trug die Überschrift «Erinnerungsblatt». Darunter stand: «Am ... waren wir gemütlich vereint.» Der Rest der Seite war leer, denn dort sollte sich jeder, der hier gemütlich vereint war, eintragen. Diese Gemütlichkeitsbuchführung beweist, daß der deutsche Ordnungssinn trotz aller Schicksalsschläge intakt blieb. Auch das macht uns keiner nach.

Während ich einen lupenreinen Wein trank und vor einer neuen Polonäse zitterte, las ich die Sprüche, die rundherum in die Deckenbalken gemeißelt waren. Links prangte:

Der Kaiser geht hinüber
und schreitet langsam fort
und segnet längs dem Strome
die Reben an jedem Ort.

Wenn ich mich recht erinnere, schritt der letzte Kaiser ziemlich schnell hinüber und dürfte sich kaum noch Zeit zum Rebensegnen genommen haben. Aber vielleicht bezieht sich der Vers auf einen Amtsvorgänger.

Daß es neben dem sattsam bekannten Bier-Ernst auch einen Wein-Ernst gibt, bewies der zu meiner Rechten eingegrabene Spruch:

Bei gleichbleibender Arbeit im Weinberg ist die Ernte des Winzers Schwankungen unterworfen.

Daß die Schwankungen stets auf den Verbraucher abgewälzt werden, blieb leider unerwähnt.

Im Laufe eines halbstündigen Rheinlieder-Potpourris nahm die Gemütlichkeit Formen an, die mich meine Flasche ergreifen und in die hochgelegenen Weinberge fliehen ließen. Ich überkletterte einen Zaun und trank, auf einem Stein zwischen Rebstöcken sitzend, direkt aus der Bouteille. Dabei ging natürlich das Bukett des Weines verloren. Aber die Gegend roch sowieso nach Hering. Durch Aufhängen dieser starkduftenden Tiere vertreiben die Winzer erfolgreich die Stare, die Erbfeinde der reifenden Traube.

Tief unter mir zog der singende, klingende Rhein dahin. Fast wäre ich in romantische Stimmung geraten, aber da vertrieb mich ein wild kläffender Köter aus dem Weinberg seines Herrn.

Ich schlug einen großen Bogen um die Drosselgasse und wanderte durch verträumte Nebensträßchen zum Rhein hinunter. Wie schön ist Rüdesheim außerhalb seiner Wein-Hauptverkehrsader!

Am Rheinufer sang ein Urlaubertrupp der Bundeswehr weinselige Strophen vom Sanitätsgefreiten Neumann, und italienische Gastarbeiter schickten ein sehnsüchtiges «O mia bella Napoli» zum Himmel. Über die Landungsbrücke zu unserem Schiff marschierten in festem Schritt und Tritt die vom Kegeln heimkehrenden Kölner Damen und Frankfurter Herren unter Absingen des Liedes «O du schöner Westerwald».

Als das Schiff am nächsten Morgen auf die hochromantische Strecke zwischen Bingen und Koblenz ging, kaufte ich mir im Bordladen die dort in drei Sprachen erhältlichen «Rheinsagen». Man will ja wissen, was auf den Burgen eigentlich los war und weshalb die Rheintöchter ausgerechnet «Wigalaweia» singen. Die Sagen waren nach Rhein-Kilometern geordnet, aber in einer Sprache geschrieben, der ich nicht gewachsen war. Bis Seite 63 kämpfte ich mich durch, bis zu dem Satz: «Rauher Herbststurm begleitete den Herzenssturm der Jungfrau und umfauchte mit mächtigem Flügelschlag jählings die Feste ...»

Da schmiß ich das Werk jählings in den Rhein. Sollen es die Rheintöchter lesen, die sind so ein Deutsch gewohnt.

Ich genoß den Anblick der Burgruinen, ohne erfahren zu haben, wo welches wonnige Weib wehmütig wisperte, mühsam mutige Männer zur Maiden-Minne mahnend.

Vom Schiff gesehen, ist die burgengespickte Landschaft weitaus schöner als von der dieselverqualmten und meistens verstopften Landstraße

Deutsche Gemütlichkeit hat einen Ruf wie Donnerhall und läßt sich nicht verpflanzen. Deshalb fliehen Menschen aus aller Herren Ländern vor der Unrast ihres Daseins in die Rüdesheimer Drosselgasse, wo hinter Butzenscheiben und unter weinlaubgeschmückten Balkendecken die deutsche Gemütlichkeit am dick-

aus. Wie deutsch der Rhein ist, riefen uns immer wieder die meterhohen Hotelnamen vom Ufer aus zu: «Deutsches Haus», «Deutscher Adler», «Deutscher Kaiser», «Hohenzollern» und andere markige Bezeichnungen. An einer Mauer las ich die Riesenbuchstaben «WELLMICH». Das ist keine ungehörige Aufforderung in rheinischem Dialekt, sondern nur ein Ortsname.

In großen Lettern leuchtete der Werbeslogan einer berühmten Mineralquelle weit ins Land:

sten ist. Griesgrämige, die den köstlichen Rebensaft ohne eingelegte Lockerungsübungen und ohne Vonsichgeben rheinischen Liedgutes genießen wollen, sind hier nicht am Platze. Für solche Stimmungstöter gibt es längs des Rheines genügend kleine Weinstuben, wo sie unter sich sein können.

«Aus dieser Quelle trinkt die Welt!»

Wenn man den Zustand der Welt bedenkt und überlegt, daß es vielleicht an dieser Quelle liegt, sinkt der Werbewert des Slogans beträchtlich.

An mehreren Uferstellen gab es Straßen, die schräg zum Rhein hinunter und direkt ins Wasser führten. Vielleicht ist das die Patentlösung unseres Verkehrsministers zur Entlastung der überfüllten und verstopften Verkehrswege.

Der Höhepunkt der Rheinfahrt war natürlich sowohl für In- als auch für Ausländer der Moment, als der vielbesungene Loreley-Felsen auftauchte. Alle Passagiere standen auf dem Oberdeck.

Bisher fuhr das Schiff zu meiner großen Freude ohne Lautsprecherberieselung. Aber hier waren die Membranen nicht mehr zu halten. Mit Hilfe eines auf Platten gezogenen Männerchores dröhnten sie: «Ich weiß nicht, was soll es bedeuten.» Manche verstohlene Zähre wurde da aus eiskaltem Managerauge gewischt.

Neben mir stand ein Amerikaner an der Reling und sagte zu seiner Gattin: *«There you see, what a good hit can do.»* Er war der Überzeugung, daß nur der *hit*, der Schlager, den Felsen berühmt machte. Der Herr war sicher aus der Musikbranche und bedauerte, den Schlagertexter Heinrich Heine nicht unter Vertrag zu haben.

Ein Frankfurter Kegelbruder erschien in Badehose und sprang ins Schwimmbecken, der herbstlichen Kühle nicht achtend. Er hatte am heimischen Stammtisch eine Wette abgeschlossen, daß er unterhalb der Loreley baden und am Felsen entlangschwimmen wollte.

Allen Fahrgästen war sehr romantisch zumute. Es störte kaum jemand, daß der Rhein heute der größte Abwässerkanal Europas ist. Davon können die Fische ein garstig Lied singen, das in keinem Rheinliederbuch steht.

Als an Steuerbord der Westerwald auftauchte, wandte ich mich ab und würdigte ihn keines Blickes. Dieser Wald mag wunderschön sein, hängt mir aber zum Halse heraus, weil ich ihn in meinen besten Jahren unter fürchterlichen Umständen, mit einer Granatwerferplatte auf dem Buckel, als schön besingen mußte.

In Köln verließ ich das gastliche Schiff und habe die Rückfahrt den Rhein hinauf auf dem Landwege gemacht, mit guten Freunden und in mehreren Etappen.

Wir kehrten in verträumten «Straußwirtschaften» ein und probierten bei weinbefeuerten Gesprächen sang- und klanglos die schönsten Gewächse. (Die Bezeichnung «Straußwirtschaft» wirkt auf den Laien zunächst deprimierend. Es handelt sich aber dabei lediglich um den Strauß, den der Winzer draußen aufhängt, um anzuzeigen, daß es drinnen jungen, reinen Wein gibt.)

Beim vierten Glase überraschte ich mich dabei, wie ich leise summte: «Oh, du wunderschöner deutscher Rhein ...»

Ich betone ausdrücklich: leise!

Die weit überwiegende Mehrheit der Rheinreisenden würde es begrüßen, wenn am weltberühmten Felsen eine lindleuchtende Loreley aus Neonröhren das Vorstellungsvermögen unterstützte. Vielleicht greift ein Haarwasser-Fabrikant die Anregung auf. Die Genehmigung ist nur eine Lobbyfrage.

Bakschisch, Bauchtanz und Basare

Wer die Korrektheit, Zurückhaltung und Bescheidenheit der venezianischen Gondolieri, Gepäckträger, Andenken-Verkäufer und Restaurateure schätzen und bewundern lernen will, der fahre für einige Tage nach Kairo. Dort wird er Erfahrungen machen, die ihm bei der Rückkehr sogar die Forderungen neapolitanischer Kofferträger als maßvoll und geradezu hanseatisch erscheinen lassen.

Eine Schiffsreise im Mittelmeer gilt allgemein als besonders erholsam und nervenberuhigend. Sie ist es auch tatsächlich, wenn man sich nicht durch falsche Neugier dazu verleiten läßt, die auf allen italienischen Schiffen am Büro des Zahlmeisters angeschlagenen Beförderungsbedingungen zu lesen. Dort steht wörtlich: «Die Schiffahrtsgesellschaft haftet nicht für Sach- und Personenschäden, die durch Unfähigkeit, Nachlässigkeit oder Fehler des Kapitäns, der Offiziere, der Besatzung oder des Lotsen entstehen.»

Der Gedanke, womöglich dem in dieser Bestimmung angesprochenen unfähigen und nachlässigen Kapitän anvertraut zu sein, ist für den Erholungsuchenden nicht gerade die reine Nervennahrung. Die Bedingung ist wahrscheinlich von der Versicherungsgesellschaft ausgeklügelt, die dabei an den obligaten Bordball dachte. Er pflegt in der Nacht vor der Landung in Alexandria stattzufinden. Ich muß zugeben, daß die Sorge der Versicherung nicht unberechtigt ist.

Als ich nämlich um zehn Uhr abends den Ballsaal betrat, wimmelte es von Schiffsoffizieren in schneeweißen, ordensgeschmückten Gala-Uniformen. Sämtliche Damen, ob Greisin oder Teenager, schmolzen dahin. Den neidisch dreinblickenden männlichen Passagieren wurden von den Stewards bunte, dumme Hütchen aufgesetzt, wodurch sie völlig konkurrenzunfähig wurden. Auf dem Höhepunkt des sekttriefenden Festes zählte ich bei der Polonäse die anwesenden Dienstgrade durch. Soweit ich als Laie feststellen konnte, war das navigatorische und technische Führungspersonal des Schiffes vollzählig auf dem Parkett. Nur der Bordfriseur fehlte. Daraus schloß ich, daß er als einziger auf der Kommandobrücke stand und uns durch die Nacht navigierte. Man konnte nur hoffen, daß er nicht den in der Beförderungsbedingung vorgesehenen Tatbestand der Unfähigkeit erfüllte.

Der Friseur schien aber ein guter Seemann zu sein, denn als ich am nächsten Morgen etwas verkatert aufwachte, lag die Reede von Alexandria hinter dem Bullauge. Von einer Barkasse aus, die mit dem Berliner Stadtwappen und dem Schriftzug «BERLIN-BAZAAR» bemalt war,

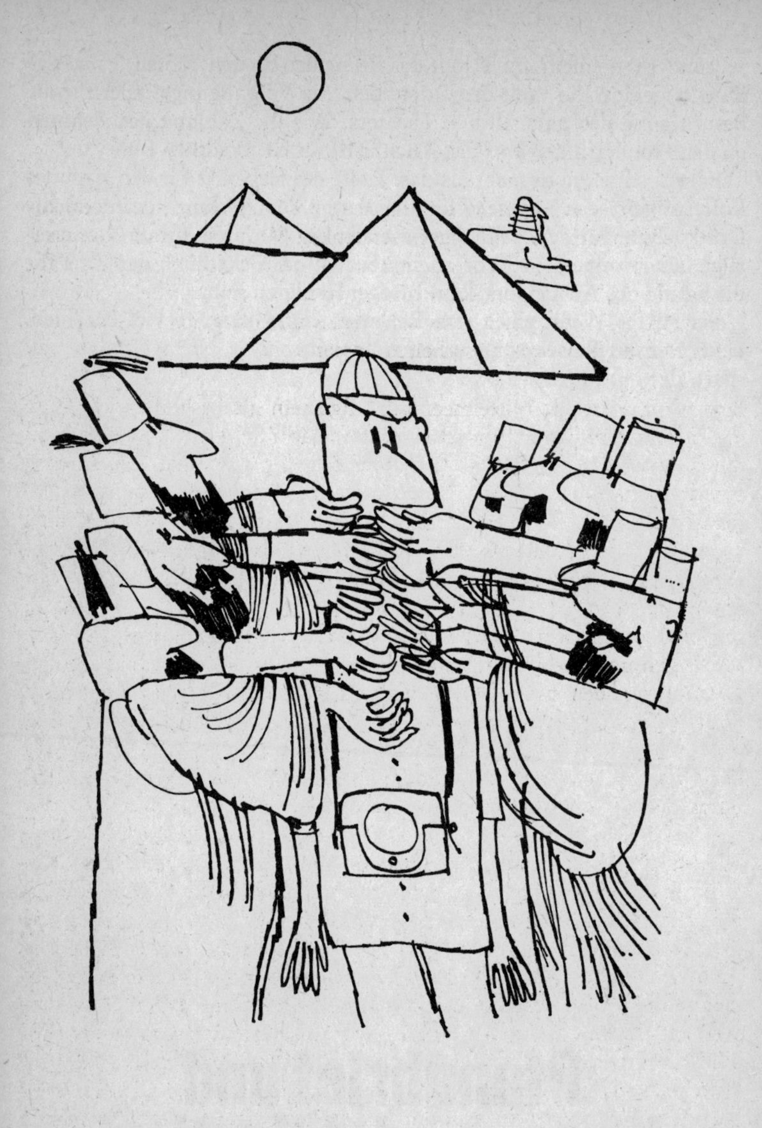

Bakschisch ist kein gewöhnliches Trinkgeld . . .

... sondern vielmehr ein Tribut des Reisenden an den Exoten; es ist das Eintrittsgeld in die Welt der Orientalen, die Vergnügungssteuer für die Besichtigung des nahöstlichen Theaters. Wie die Zahlung des Zehnten an den Fronherrn gewährt das Bakschisch für ein Weilchen Ruhe.

Bakschisch ist noch mehr als das: Es ist der Hebesatz für den Arm des Kofferträgers, das Lösegeld für die Zunge des Auskunftsbeamten, die Drückgebühr für das Auge des Gesetzes, der Fahrpreis für die Gesichtszüge des Hotelportiers. Vor allem aber ist das Bakschisch der Zins für die Schuld des Ausländers, kein Morgenländer zu sein.

Bei Allah: Wenn einer eine Reise tut, dann kann er viel bezahlen. Doch wer auf Reisen spart, spart zur falschen Zeit. Nur wer zuvor gut spart, der gut fährt.

enterte ein Wüstensohn das Schiff und versuchte, Käufer für Kissen, Kamelsättel und Handtaschen mit aufgedruckter Sphinx zu finden. Die Orientfahrer waren indes kaufunlustig und mißgestimmt, weil vor wenigen Minuten die Bordlautsprecher in vier Sprachen verkündet hatten: «Innerhalb des Hafens ist das Fotografieren streng verboten!» Die durchweg mit Fotoapparaten behängten Passagiere standen verzweifelt herum. Ihren gequälten Gesichtern war anzusehen, daß sie durch dieses Verbot an einer ihrer natürlichsten Verrichtungen gehindert wurden. Als wir dann an der einstmals von König Faruk benutzen Lust(!)-Jacht vorbeifuhren, hielt es ein neben mir stehender Amerikaner nicht mehr aus. Ihn juckte der Auslöser derartig, daß er sich in seine Kabine zurückzog und lieber gar nichts sehen wollte, als es nicht fotografieren zu dürfen.

Nach dem Anlegen kamen ägyptische Polizisten geschniegelt und gebügelt an Bord, um sich zwecks Paßkontrolle im Speisesaal niederzulassen. In den Gängen drängten sich die wartenden Pyramiden-Anwärter.

Ein mandeläugiger Ägypter in tadellosem, dunkelblauem Maßanzug, blütenweißem Hemd und modischer Krawatte kam auf mich zu und sagte freundlich lächelnd: «Sie sind Herr Schmidt? Folgen Sie mir bitte!» Ich hielt ihn für einen Beamten und folgte.

Er bahnte einen Weg durch die Menge, führte mich an den Polizistentisch und sprach mit den Paßkontrolleuren etwas Arabisches. Alles, was er ihnen sagte, klang wie «Bacharach». (Wahrscheinlich ist dieses rheinische Städtchen eine arabische Gründung.) Blitzschnell wurde mein Paß gestempelt, ein bärtiger Burnusträger wuchs aus dem Boden und hatte meine beiden Koffer schon in der Hand.

Als erster verließ ich mit dem Träger und meinem liebenswürdigen Helfer das Schiff, beneidet von den Gesellschaftsreisenden, die ihrer kollektiven Abfertigung harrten. Sie alle hatten ihre Orientfahrt «inkl. Landausflüge» gebucht, brauchten sich um nichts zu kümmern und wurden von Reiseleitern betreut, während ich nur eine Schiffskarte gekauft hatte, um meine Tage in Ägypten auf eigene Faust und unbetreut zu verbringen.

Der nette Herr begleitete mich in die Zollhalle, half beim Ausfüllen zahlreicher komplizierter Formulare mit arabischen Schriftzeichen, zählte sorgfältig meine Barschaft (alle eingeführten Zahlungsmittel müssen auf die Mark genau angegeben werden), trieb die Zollbeamten mit krächzenden Gebacharache zu eiliger Abfertigung und bugsierte mich dann, die andrängenden Souvenir-Händler abwimmelnd, zu einem Taxi.

Ein so lieber Mensch! Herzlich dankend wollte ich mich nun von ihm verabschieden und sagte: «Ich fahre zum Bahnhof und nehme den nächsten Zug nach Kairo!» Das gefiel ihm gar nicht. «Der nächste Zug geht erst in zwei Stunden! Deponieren Sie Ihr Gepäck bei mir, sehen Sie sich Alexandria an, und ich besorge Ihnen inzwischen die Fahrkarten.» Angesichts so viel morgenländischer Gastfreundlichkeit konnte ich schlecht nein sagen. Gemeinsam bestiegen wir das Taxi.

Und wohin fuhren wir? Zu einem am Midan-Platz gelegenen Reisebüro, das mein Betreuer betrieb, wie ich bald merken sollte. Im Schaufenster hing ein Plakat «Besuchen Sie Paris!». Aber dazu war es nun zu spät.

Der Herr setzte sich hinter seinen Schreibtisch, ließ Kaffee bringen und begann, meinen Aufenthalt in Ägypten genau durchzuplanen: Preisgünstige Besichtigung in Kairo, Exkursionen nach Memphis, Luxor, Abu Simbel, alles mit geschultem Führer und über ebendieses Reisebüro. Meine Barmittel kannte der tüchtige Touristen-Berater vom Zoll her ganz genau und disponierte sie sehr geschickt und restlos.

Nun war ich also das, was ich um jeden Preis vermeiden wollte: Betreut. Nur eine Notlüge konnte mich retten. Ich behauptete, ägyptische Freunde erwarteten mich in Kairo und hätten bereits alles vorbereitet.

Der Reise-Manager bewahrte nur mühsam die orientalische Gelassenheit. Für die Bemühungen zwischen Schiff und Büro berechnete er mir zwei Pfund, also etwa zwanzig Mark. Ich ging ein Stündchen spazieren und holte dann meine Koffer. Als letzten Liebesdienst rief der Herr ein schrottreifes Taxi herbei, das mich zum Bahnhof brachte.

Dort verlangte der Fahrer einen Phantasiepreis, der ungefähr dem Tageswert seines Wagens auf dem Gebrauchtwagenmarkt entsprach. Ich warf einen Blick auf die Taxameteruhr. Sie zeigte den Fahrpreis in arabischen Ziffern an. Ich wußte noch nicht, daß in der arabischen Zahlungsweise eine 2 eine 5 ist, eine 4 wie eine umgedrehte 3 aussieht, eine 5 durch eine 0 wiedergegeben wird und eine 6 durch eine 7.

Während ich völlig wehrlos den Phantasiepreis zahlte und mich nach meinem kulanten Betreuer zurücksehnte, stritten sich bereits ein halbes Dutzend Wüstensöhne um meine zwei Koffer. Drei Mann trugen den Sieg davon: Zwei übernahmen die Gepäckstücke, der dritte die Führung. Am Fahrkartenschalter gesellte sich ein vierter dazu und half dolmetschen, obgleich der Beamte deutsch sprach. Ein Fünfter bahnte einen Weg durch die vielen auf dem Bahnsteigboden hockenden Eingeborenen, von denen sich noch drei meiner Karawane anschlossen. Alle acht legten gemeinsam Hand an, als der Zugschaffner die beiden Koffer in Empfang nahm. Im Handumdrehen (noch nie traf der Ausdruck so zu wie hier, denn alle drehten die Innenfläche der Hand nach oben) war ich wiederum zwei ägyptische Pfunde los.

Der grün uniformierte Beamte der Staatsbahn verstaute die Koffer im Gepäckraum und wies mich darauf hin, daß der dort sitzende Kollege ein Bakschisch für die Mühe der Beaufsichtigung haben müsse. Ich hatte nur noch Pfundnoten und bat den Schaffner, einen Schein zu wechseln. Er steckte das Pfund ein und sagte: «Das teile ich mir mit dem Kollegen, vielen Dank, Deutschland prima!»

Seit dem Betreten ägyptischen Bodens hatte ich somit bereits eine Bakschisch-Durchschnittsgeschwindigkeit von etwa 25 DM pro Stunde erreicht.

Im äußerlich stark heruntergekommenen, innen aber mit Klimaanlage ausgestatteten Pullman-Wagen fand ich ein ruhiges Fensterplätzchen. Ein weißlivrierter tiefschwarzer Nubier mit «Wagon-Lit»-Wappen auf der Jacke brachte einen türkischen Kaffee und legte einen sauber gedruckten Bon über 8,6 Piaster, zuzüglich 1,7 Piaster für Bedienung, neben die Tasse. Ich gab ihm ein Pfund, das (rein theoretisch) 100 Piaster wert ist. Es erübrigt sich wohl, zu erwähnen, daß der Kellner während der zweieinhalbstündigen Fahrt bis Kairo keine Gelegenheit zum Herausgeben fand.

Am Abteilfenster zogen grüne Felder vorbei, auf denen emsige Fellachen mit vorchristlichen Mitteln Ackerbau trieben. Dabei assistierten ihnen hagere, zu lebenslänglichem Schöpfraddrehen verurteilte Wasserbüffel und melancholische Kamele, deren Mist von den Fellachengattinnen auf dem Kopf heimgetragen wurde, um als traulich knisterndes Brennmaterial der Bereitung des Abendessens zu dienen. Armut ist keine Schande, wie die reichen Leute zu sagen pflegen, und für Nassers Raketen-Antrieb ist der heimische Brennstoff vorläufig nicht verwendbar. Aber die ins Land gerufenen deutschen Chemiker werden vielleicht einen Dreh finden, und dann müssen die Fellachen auch ihren Kamelmist auf den Altar des Vaterlandes legen und kalt speisen.

Als der Zug durch die Vororte Kairos fuhr, hatte ich den Eindruck, daß die Stadt in der vergangenen Nacht von einem Erdbeben heimgesucht wurde. Die oberen Stockwerke der Häuser sahen aus wie eingestürzt, und auf den Straßen liefen die Einwohner in Nachthemden und buntgestreiften Pyjamas zwischen verstreutem Gerümpel und qualmenden Notküchen herum.

Das war aber ein ganz normales Straßenbild, wie ich auf Nachfrage beim Zugschaffner erfuhr. Als angemessenes Honorar für diese Auskunft nahm er meine volle Zigarettenschachtel vom Klapptisch, steckte sie ein und sagte: «Die ist wohl leer?» So räumte er ab.

Als wir auf dem Hauptbahnhof von Kairo ankamen, hielten die beiden Zugschaffner beim Herausreichen der Koffer noch einmal die Hände weit auf, obgleich sie bei Antritt der Fahrt bereits ein Pfund eingestrichen hatten. Man mußte ihnen aber zugute halten, daß inzwischen fast drei bakschischlose Stunden vergangen waren.

Wiederum erkämpften sich drei Fellachen meine Koffer. Vor dem Bahnhof versuchte ich, ein Taxi herbeizuwinken. Zwei hinzukommende Nachthemdenträger halfen winken, leider erfolglos. Alle vorbeifahrenden Taxis waren besetzt. Auf der gegenüberliegenden Straßenseite erkannten zwei hilfsbereite Araber meine Notlage und winkten ihrerseits allen vorbeifahrenden Autos zu, worauf meine drei Träger mit

So sähe ein Gruppenbild aus, das alle diejenigen Ägypter vereint, die dem Alleinreisenden (Mitte) beim Transport zweier Koffer vom Schiff in Alexandria bis zum Hotel in Kairo Mann für Mann behilflich waren und mit reichlich Bakschisch bedacht werden mußten.

den Koffern hinüberstürmten. Ich wollte hinterher, aber da kam vor meiner Nase ein leeres Taxi an. Ich winkte es heran und hatte vor dem Besteigen neun Nasser-Untertanen zu entlohnen: Die sieben bisher Beteiligten, einen achten Muselmann, der steif und fest behauptete, den Wagen herbeigewinkt zu haben, sowie einen neunten, der die Autotür öffnete.

Um das nötige Kleingeld flüssig zu machen, bat ich den Chauffeur, zwei Pfund zu wechseln. Er gab mir 170 Piaster, ein für ägyptische Verhältnisse solider Wechselkurs, wenn man bedenkt, daß ein Pfund nur 100 Piaster hat. Die kleinen Münzen, die zum Teil wie Dichtungsringe aussahen und es wahrscheinlich auch waren, verschwanden im Gewirr der mir zum ägyptischen Gruß (nach oben offene rechte Hand) entgegengestreckten Arme. In jedem Sinne erleichtert ließ ich mich in die zerschlissenen Polster fallen, und nun stieß das Taxi laut hupend und ohne Rücksicht auf Verluste mitten hinein in das Menschengewimmel des Bahnhofsplatzes.

Während der ersten Fahrminuten glaubte ich mehrfach, ganz deutlich das Geräusch unter den Reifen zerknürpsender Knochen zu hören. Wider Erwarten wurde aber niemand überfahren. Die Bevölkerung Kairos wäre bei der dort üblichen Fahrweise in einem Monat ausgerottet, wenn die Einwohner nur das gängige mitteleuropäische Reaktionsvermögen hätten. Die Fußgänger Kairos berechnen mit einem Seitenblick blitzschnell aus dem Tempo des nahenden Autos und der eigenen Marsch-

geschwindigkeit auf den Bruchteil einer Sekunde genau, wann sie mit einer leichten, torero-artigen Drehung ausweichen müssen, um von den vorbeizischenden Kotflügeln nur noch leicht am Burnus gestreift zu werden. So kommt es, daß die Kairoer Taxis an den Seiten stets sauber abgewischt sind, die Burnusse der Fußgänger dagegen meistens ziemlich dreckig.

Das Verkehrsgebaren der nichtmotorisierten Ägypter würde bei einem deutschen Verkehrsschutzmann einen Tropenkoller auslösen. In Kairo hat eine rotleuchtende Verkehrsampel nur symbolische Bedeutung. Radfahrer und Fußgänger nehmen sie nicht zur Kenntnis und überqueren vor der Nase der Polizisten illegal die Straße. Ich fragte den Taxi-Fahrer, ob es in Kairo keine Strafmandate gäbe. Er sagte: «Das wäre zwecklos, denn die meisten Radfahrer und Fußgänger haben nicht einen einzigen Piaster in der Tasche. In ganz schweren Fällen haut der Polizist dem Verkehrssünder einfach eine runter.»

Diese orientalische Form des Strafmandates sollte sich unser Innenminister mal durch den Kopf gehen lassen. Sie würde großartig hineinpassen. (Ins Notstandsgesetz zum Beispiel.)

Vor dem Hotel angekommen, verlangte der Chauffeur in einwandfreiem Englisch einen grotesk hohen Fahrpreis. Als ich herunterzuhandeln versuchte, verstand er nur noch Arabisch.

Nach Entlohnung des Chauffeurs und eines Hausdieners, der mein Gepäck ganz allein und ohne fremde Hilfe in die Halle trug, überschlug ich kurz die Gesamtkosten, die bisher durch den Transport der zwei Koffer entstanden waren. Es ergab sich ein Betrag, der fast den Wert des Kofferinhalts überstieg.

In der Halle saßen bereits die Gesellschaftsreisenden vom Schiff, die mit Luxusbussen hierher gelangt waren. Sie hatten keinen einzigen Piaster Bakschisch zu zahlen brauchen, denn alles war inbegriffen. Dafür hatten sie aber auch bei weitem nicht soviel erlebt wie ich.

Als ich den ungeheuer vornehmen ägyptischen Empfangschef um ein Zimmer bat, fragte er nur: «Zu welcher Gruppe gehören Sie?» Beschämt mußte ich gestehen, daß ich allein, gruppenlos und unbetreut reiste, was heutzutage als geradezu abenteuerlich gilt. Der Hotelgewaltige sagte staunend und mit dem Ausdruck tiefsten Bedauerns: «Alle Zimmer sind von Gesellschaftsreisenden vorbestellt. Vielleicht versuchen Sie es morgen noch einmal!»

Nun hatte ich auf meiner Fahrt von Alexandria nach Kairo bereits gelernt, daß das sogenannte «Bakschisch» Motor, Treibstoff und Schmieröl des ägyptischen Wirtschaftslebens ist. Deshalb wagte ich etwas, was man normalerweise bei keinem Empfangschef eines besseren Hotels wagen darf: Ich drückte ihm zwei Pfundnoten, also etwa zwanzig Mark, in die Hand.

Eine halbe Stunde später konnte ich ein prächtiges Zimmer im zehnten Stock beziehen, mit Blick auf die Pyramiden, den Nil und den in gepflegtem Grün liegenden Swimmingpool des Hotels. Da bin ich sofort hineingesprungen.

Schwimmend wurde ich Zeuge einer grotesken Szene: Ein koffertragender Hotelboy geleitete eine greise, aber forsche Amerikanerin zu einem Bungalow am Rande des Schwimmbeckens. In diesem Nebengebäude gab es kleine, aber hübsche Unterkünfte, allerdings ohne Blick auf den Nil und Pyramiden. Die Dame warf einen entsetzten Blick auf die ihr zugedachte ebenerdige Bleibe und bekam einen Tobsuchtsanfall. Mit weitausholenden Fußtritten stieß sie eine blumengefüllte Schale, einen Liegestuhl und ein Gartentischchen um, feuerte einen Aschenbecher ins Wasser und schrie: «Das ist eine Unverschämtheit! Ich habe ein Zimmer im zehnten Stock mit Blick auf die Pyramiden bestellt!» Ich kombinierte ziemlich schnell, wer wohl dieser Dame das vorbestellte Zimmer im zehnten Stock mittels eines zweipfündigen Bakschisches weggefangen hatte. Laut schimpfend eilte die US-Matrone ins Hotel, wahrscheinlich zum Empfangschef. Für diskret zugesteckte zwei Pfund bekam sie sicher ein anderes, vorbestelltes Zimmer, dessen Aspirant dann an den Pool ziehen müßte. Theoretisch könnte der Empfangschef das Spiel mit jedem ankommenden Gast wiederholen und so viele Male zwei Pfund kassieren, wie das Hotel Zimmer hat.

Vielleicht tut er es auch.

Beim Gang durch die Halle geriet ich in die hoteleigene Ladenstraße, wo der Reisende alle Wunder des Orients kaufen kann. Dieser Luxus-Basar soll die Hotelgäste davor bewahren, außerhalb der Hotelmauern übers Ohr gehauen zu werden. (Der Ton liegt auf «außerhalb».)

Hier gibt es alles, was den Hauch des Morgenlandes ins abendländische Heim bringt und von der Weitgereistheit seines Besitzers zeugt: Der königliche Kopf Nofretetes als Schuhanzieher, Teelöffel oder Rükkenkratzer, mit Bauchtänzerinnen bedruckte Hemden- und Pyjamastoffe, Sphinx-Aschenbecher und Porzellangeigen mit aufgemalten Pyramiden.

Der orientalische Basar innerhalb der Hotelmauern ist ein echtes Bedürfnis und psychologisch gut durchdacht. Die Erfahrung hat nämlich gezeigt, daß transatlantische Besucher nach einem ersten (und meistens letzten) Bummel durch die glutheißen, von dubiosen Gestalten wimmelnden und vom Gegenteil der Wohlgerüche Arabiens erfüllten Straßen Kairos nur noch ungern den sicheren Port des Hotels verlassen. Und wenn, dann nur zu den vom Hotel arrangierten Besichtigungsfahrten.

Zu den Exkursionen meldet man sich am «Transportation-Desk», also dem «Transport-Tisch», bei einer charmanten, mehrsprachigen Ägypterin an. Diese junge Dame, mandeläugig und schön wie Kleopatra, verführte mich zum Kauf eines Billetts für die abendliche Aufführung des Schauspiels «Licht und Ton an den Pyramiden». Transport ab und bis Hotel inbegriffen.

Bei Einbruch der Dunkelheit wurde ich mit einem Hotel-Fahrzeug an den Tatort gebracht. Diese Bezeichnung mag manchem Leser übertrieben erscheinen. Doch was die Beleuchtungs- und Tontechniker mit den Pyramiden und vor allem mit der Sphinx trieben, konnte man nur als Vergewaltigung bezeichnen. Die jahrtausendealten Kulturdenkmäler wurden dank einer raffinierten Technik zu einem gewaltigen Licht- und Ton-Berieselfeld.

Die in Omnibussen und Taxis angelieferten Zuschauer saßen auf Klappstühlen im lauwarmen Sand, die Pyramiden lagen in völligem Dunkel. Aber dann wurden sie plötzlich von gewaltig aufbrausender Musik untermalt, bonbonrosa angestrahlt. Die vor den Pyramiden liegenden Tempelruinen leuchteten, von mehreren Scheinwerfern unter Feuer genommen, quittengelb. So entstand eine optische Täuschung, die das Ganze wie gestapelte Kisten vor einer Markthallenmauer aussehen ließ.

«Oh, es ist wunderbar!» flüsterte eine vor mir sitzende Amerikanerin ihrer Nachbarin zu. «Und alles über vierhundert Jahre alt!» Die Dame verschätzte sich dabei um kleine viertausend Jahre, aber vor der Entdeckung Amerikas kann es eben nur die Steinzeit gegeben haben. Nach dem Orchestervorspiel, das aus Dutzenden von Großlautsprechern auf uns herniederprasselte, wurde der in Reisehandbüchern oft gebrauchte Ausdruck «Die Steine reden» hörbare und grausame Wirklichkeit.

Man hatte jedes Bauwerk mit einer eigenen Beschallungsanlage (so lautet der tontechnische Fachausdruck) ausgestattet, und nun begann die Cheopspyramide mit dröhnender Stimme und bestem Burgschauspieler-Pathos zu sprechen. Wie eine Riesendame auf dem Rummelplatz nannte sie ihre Maße und Gewichte, erzählte ihre Geschichte und gab überhaupt gewaltig an. Sie behauptete, hunderttausend glückliche und stolze Bauarbeiter hätten das Werk aus echtem Idealismus und reinem Glauben geschaffen. Daß ziemlich viele Fellachen hatten dran glauben müssen, und dem Glauben auch sehr kräftig mit der Nilpferdpeitsche nachgeholfen worden war, blieb leider unerwähnt. Nach diesem Monolog quoll ein Hörbild aus den Lautsprechern, das wie eine vom Sportreporter Sammy Drechsel kommentierte Direktübertragung vom antiken Bauplatz klang.

Wenn man die Augen schloß, glaubte man, die Fellachen beim mühsamen Hochhieven der Felsblöcke zu sehen. Den seilziehenden Sklaven lieh ein Männerchor seine geschulten Stimmen und sang eine Melodie, die sich stark an das Lied der Wolgaschiffer anlehnte.

Dann leuchtete die etwas kleinere Chephrenpyramide auf und ließ es sich nicht nehmen, auch etwas über ihr Innenleben (das seinerzeit aus einer einzigen Pharaonen-Leiche bestand) zu berichten.

Nachdem die Pyramiden-Steine ausgeredet hatten, leuchtete die Sphinx grün auf und erzählte mit gutmodulierter Mädchenstimme Schwänke aus ihrer ziemlich bewegten Vergangenheit. Ihr Mund blieb dabei allerdings geschlossen. Man muß aber damit rechnen, daß die Techniker demnächst eine Mechanik mit Mundbewegungen unter die demolierte Nase der Sphinx montieren, damit die Illusion vollkommen wird.

Die steinerne Halbdame (hinten ist sie bekanntlich Löwin) plauderte von ihrem Rendezvous mit Caesar (wörtlich sagte sie «*One evening I met Cesar ...*») und ließ sich auch von dem dauernden Hundegebell nicht stören, das aus dem nahen Dorf herüberklang. Einige Anekdoten aus Königshäusern folgten. Während die Sphinx das alles von sich gab, fiel mir der bekannte Schlagertext ein:

Nimm das Dings
Mehr nach links
Sprach die Sphinx –
Und mit einem Mal – da ging's!

Diese Perle deutschen Liedschaffens wollte mir nicht mehr aus dem Kopf und nahm dem Ton-Licht-Schauspiel viel von seinem seltsamen Reiz.

Die Sphinx redete ziemlich lange, und ich erfuhr, die Artillerie Napoleons habe ihr die Nase weggeschossen und dieselbe könne in Londons Britischem Museum besichtigt werden.

Einige vor-vorchristliche Geräuschkulissen, darunter das Original-Getrappel des Lieblingshengstes König Tuts, gaben (mir) den Rest.

Noch einmal leuchteten Pyramiden, Tempelruinen und Sphinx musikumrauscht in den gebrochenen Farbtönen billiger Charmeuse-Damenwäsche auf, um dann im Dunkel der lauen Sommernacht zu verschwinden. Starker Applaus belohnte Beleuchter und Tontechniker, die aber leider nicht vortraten, um sich zu verbeugen.

Vielen hatte die Aufführung so gut gefallen, daß sie sich am Ausgang die Langspielplatte mit dem Originaltongemälde kauften. Man legt die Scheibe auf den Plattenteller, betrachtet dazu eine Farbpostkarte von den Pyramiden und kann so das schöne Erlebnis immer wieder aufbrühen.

Auf dem Heimweg fuhren die mit den Gästen der diversen Kairoer Hotels besetzten Taxis untereinander ein Rennen aus, das allen Insassen bis zum Sterbebett in Erinnerung bleiben wird.

Abends um halb zehn wurde ich wieder ins Hotel eingeliefert, gerade rechtzeitig, um den Beginn der großen «Original-Sahara-Show» mitzuerleben. Sie findet allabendlich in einem vierhundert Personen fassenden Scheichs-Prunkzelt statt, das in einem Saal des Hotels aufgebaut ist.

Hier kann der Gast die ihm aus vielen Filmen vertraute Wüstenromantik genießen, ohne sich mehr als fünfzig Schritte von seinem Komfort-Apartment zu entfernen und ohne den Biß eines Sandflohes oder gar eines Skorpions zu riskieren.

Als Beduinen verkleidete Musiker entlockten ihren Flöten, Kniegeigen und Handtrommeln nervenzersägende arabische Weisen, während dunkelhäutige Kellner in Pluderhosen und reichbestickten Jacken das knoblauchduftende Hammelgericht «Kofta-Kebab» servierten. Dazu hüpfte als erste Show-Nummer ein Kupfergefäße schwenkendes Ballett mehr oder weniger männlicher Wasserträger juchzend durch den Raum. Dann boten ein halbes Dutzend Wüstensöhne und ebenso viele Wüstentöchter einige stampfende Volkstänze dar. Sie sprangen herum, als hätten sie den Burnus voller Sandflöhe, was natürlich nicht der Fall war. Aber die Tänze dürften ihren Ursprung diesen Tierchen verdanken.

Den Höhepunkt der Show bildete der von allen Zuschauern mit Spannung erwartete Bauchtanz, gewackelt von einem Fräulein Magdi Sohair. Die Darbietung befriedigte allerdings die an knallharten Strip-tease gewöhnten Reisenden nicht recht, denn der beim Bauchtanz so eminent wichtige Nabel darf auf allerhöchsten Befehl Nassers nicht mehr gezeigt werden. (Den Touristen wäre es bestimmt lieber, wenn der Diktator zunächst die Bakschisch-Moral höbe. Ein nackter Nabel ist leichter zu ertragen als Nepp.)

Fräulein Magdi war von oben bis unten züchtig bekleidet und vollführte mit ihren Hüftpartien ruckartige Bewegungen, die aussahen, als wolle sie mit dem Allerwertesten eine Nuß knacken.

Anschließend an die Bauch-Artistik gingen ein malerisch gekleideter Tamarindensaft-Händler, ein Hausfotograf in Beduinentracht und eine halbverschleierte Handleserin von Tisch zu Tisch und boten ihre Dienste an. Sie vermittelten den Gästen ein desinfiziertes, hygenisch einwandfreies, ganz neues Wüstengefühl.

Um doch noch ein echtes Wüstenerlebnis zu haben, fuhr ich hinaus zu jenem Karawanenzelt, in dem sich dicht hinter den Pyramiden am Rande des ewigen Sandes der «Sahara Night Club» etabliert hat. Aber dort war das Programm nicht viel anders, nur die Getränke waren teurer.

Als ich enttäuscht ins Hotel zurückkam und in den zehnten Stock hinauffahren wollte, war der Fahrstuhl angefüllt mit elegant gekleideten Ägyptern. Das mollige Liftgirl mit Kleopatra-Frisur fragte jeden nach dem gewünschten Stockwerk. Einer nach dem andern zeigte mit dem Daumen nach oben und sagte: «Ruff!» Hatten die etwa alle in Berlin studiert? Nein, sie sprachen Englisch und wollten zum «Roof», dem Dachgarten.

Dort oben verkehrt die Elite der Kairoer Gesellschaft, also die ganz großen Bakschisch-Kassierer. An der Bar genoß ich von bayerischen Emigranten gebrautes «Stella-Bier», einen von russischen Emigranten gebrannten Wodka und den Blick auf das Lichtermeer Kairos.

Am nächsten Morgen fuhr ich mit einem Taxi hinaus zu den Pyramiden, um sie ohne bonbonfarbene Lichteffekte und ohne dozierende Geräuschkulisse in aller Ruhe zu besichtigen. Beim Aussteigen bedrängten mich aber so viele Kameltreiber, Pferdeleiher und Dragomane, die mit den Händen auf mich einredeten, daß ich sofort in das Taxi retirierte und zum Hotel zurückfuhr.

Dort schloß ich mich einer deutschen Reisegesellschaft (West) an, die sich gerade zu den Pyramiden aufmachte.

Bei der Ankunft in Gizeh übergab der Reiseleiter die Gruppe einem zahnlosen alten Araber, der mit wehender Knoblauchfahne zum Pyramideneingang voranstürmte. Dort teilte er uns in brüchigem Englisch mit, die vielen hunderttausend, pro Stück zwei Tonnen schweren Steine seien ohne jede Zementbindung lose aufeinandergeschichtet. Angesichts des engen, finsteren Loches, das in das Innere des gewaltigen Cheops-Gedächtnis-Steinhaufens hineinführte, verzichteten viele Orientfahrer auf eine Besichtigung der im Geometrischen, also besonders beunruhigenden Mittelpunkt der Pyramide befindlichen Grabkammer. Mich trieb jedoch die Pflicht hinein.

Wer in der schräg nach oben führenden Aufstiegröhre Platzangst bekam, konnte nicht mehr zurück. Wegen der Enge des Schachtes ist der Grabkammer-Publikumsverkehr nur in jeweils einer Richtung möglich.

Nach mühsamem Aufstieg standen wir zweiunddreißig Grabschänder in der zweckentfremdeten, dem Fremdenverkehr erschlossenen letzten Ruhestätte des Pharaos. Besucher aus allen Kulturländern hatten bereits ihre Namen in die Wände gekratzt. Der Gedanke, daß einige hunderttausend Tonnen Gestein lose über unseren Köpfen lagen, ließ keine rechte Andacht aufkommen. Alle Umstehenden sahen ängstlich zu der aus einem einzigen Granitblock bestehenden Gruftdecke empor und machten sich klar, daß sie im Falle eines Einsturzes in jedes Briefmarkenalbum passen würden. Es roch auch sehr schlecht im Raum, obgleich der Sarkophag längst leer war.

Heilfroh, der Wüsten-Kasematte entronnen zu sein, standen wir nach dem Abstieg im heißen Sand. Und weiter ging's – zur Sphinx.

Dort wollte ein glücklicher Zufall, daß wir drei Minuten lang völlig unbelästigt das Bild dieser stark angeschlagenen Löwendame auf das Auge bzw. auf den Rollfilm wirken lassen konnten. Die sechzig diensttuenden Kameltreiber waren nämlich gerade voll damit beschäftigt, eine Monstre-Gruppe mit fünf Dutzend hoch zu Kamel sitzenden Touristen zu arrangieren. Von allen Höckern kreischte es sächsisch, die sturmerprobten Wüstenschiffe waren von ostzonalen Brüdern und Schwestern besetzt. Vor der imposanten Gruppe stand ein Beduine und schrie: «Goddsverbibbich, nu heerd mal uff mit dem Gemähre! Sonst machds fuffzich Biasder mähr!» Das war der Reiseleiter und Politruk. Nachdem der offizielle Pyramidenfotograf mit dem Originalapparat des seligen Daguerre das Monumentalfoto aufgenommen hatte, gingen die Kamele ohne besonderes Kommando in die Knie. Das Klicken des Kameraverschlusses war für sie das gewohnte Zeichen. Die ostzonale Last wurde abgesetzt, um die westdeutschen Devisenbringer auf die Höcker zu nehmen. Kontakte zwischen den Gruppen wurden nicht aufgenommen, was den jeweiligen Verfassungsschutz beruhigen wird. Ein dicker, eunuchenhafter Kameltreiber stürzte auf mich zu und rief: «Herr Baron, reiten Sie auf meinem ‹Bismarck›! Auf diesem Kamel hat O. W. Fischer gefilmt! Ich war auch schon in Düsseldorf!» Dieser werbepsychologisch sehr geschickten Ballung überzeugender Argumente konnte ich nicht widerstehen und enterte das Wüstenschiff. Bei schwerem Seegang schaukelte ich auf dem Star-Kamel «Bismarck» eine O.-W.-Fischer-Gedächtnis-Runde. Name und Vergangenheit des Kamels schlugen sich in einer stark überhöhten Bakschischforderung nieder.

Damit war die Pyramidenbesichtigung zu Ende, die Reisegesellschaft wurde wieder in die Stadt hinein und zum Ägyptischen Museum gefahren, wo man die aus den Grabkammern herausgeholten Schätze betrachten kann.

Hauptanziehungspunkt des Museums ist jener Raum im ersten Stock, der die wertvolle Grabausstattung des «King Tut» birgt. Neben dem edelsteingespickten Sarg liegen in einer Vitrine die Fingerlinge aus echtem Gold, die der Mumie auf der Reise in die Ewigkeit die Finger schützen und erhalten sollten. Zwei Engländerinnen standen davor und zählten nach: Es waren elf Hüllen! Die Damen zählten noch einmal und gingen verwirrt weiter.

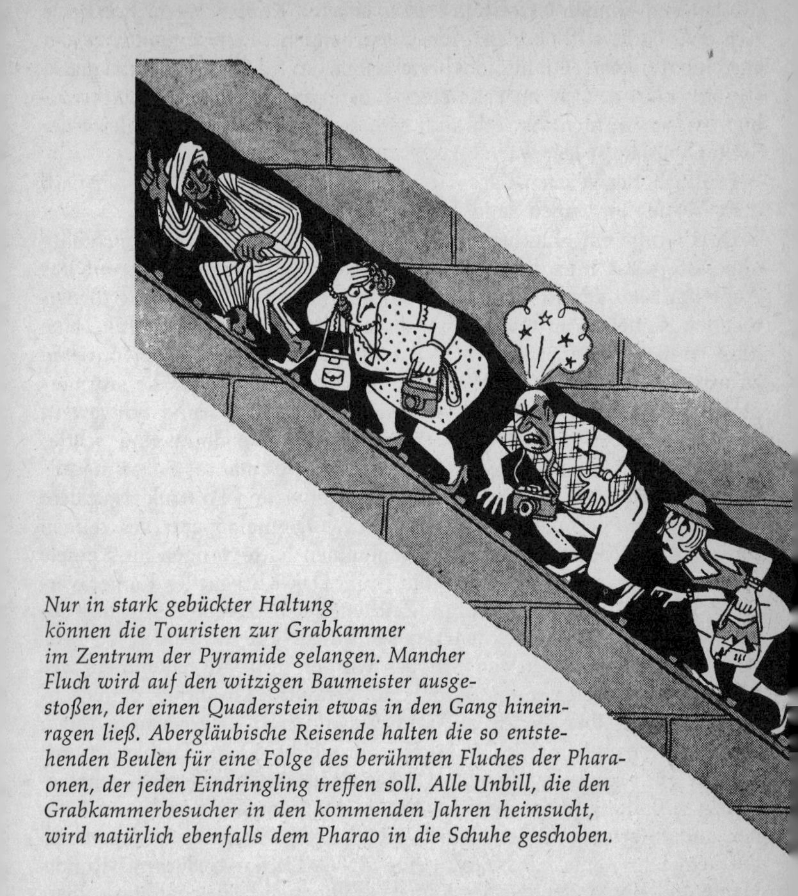

Nur in stark gebückter Haltung können die Touristen zur Grabkammer im Zentrum der Pyramide gelangen. Mancher Fluch wird auf den witzigen Baumeister ausgestoßen, der einen Quaderstein etwas in den Gang hineinragen ließ. Abergläubische Reisende halten die so entstehenden Beulen für eine Folge des berühmten Fluches der Pharaonen, der jeden Eindringling treffen soll. Alle Unbill, die den Grabkammerbesucher in den kommenden Jahren heimsucht, wird natürlich ebenfalls dem Pharao in die Schuhe geschoben.

Im Mumienraum lagen in Glaskästen vierzig hervorragend konservierte Potentaten, die vor dreitausend Jahren (und mehr) bereits ihre Ruhe haben wollten und nun ihre letzte Ruhe unter einem Schild absolvierten, das dem durchströmenden Publikum das Anlehnen an sie verbietet. («*It's striktly forbidden to lean against mummies!*») Ich konnte den ledernen Gesichtern keinen Reiz abgewinnen und ging zurück ins Hotel, wo gerade ein Pulk alter Amerikanerinnen ankam. Das Make-up der Matronen sah aus, als wären sie einem Mumien-Einbalsamierer aus der Werkstatt entwischt.

Im Speisesaal lag das Durchschnittsalter an diesem Tage um die Siebzig. Die Ägypter müssen den Eindruck haben, daß die übrige Welt ein riesiges Altersheim ist.

Am Nachmittag bummelte ich allein durch das Volksgewimmel am Nilufer. Dort gab es Einfachst-Schießbuden, wo aus Zeitschriften herausgeschnittene Starfotos als Zielscheibe dienten. Wenn die Köpfe durch Einschüsse unkenntlich geworden waren, riß der Budenbesitzer das nächste Foto aus seinem Film-Magazin und hängte es auf. Ich habe mit Genuß auf mehrere Leinwand-Lieblinge gefeuert; deren Namen ich aber nicht nennen möchte.

Besonderes Vergnügen bereitete es anscheinend den Ägyptern, Gewichtheber-Hanteln zu stemmen. Auf einer Strecke von hundert Metern gab es ein halbes Dutzend Hantel-Verleiher, die von jedem hebefreudigen Kunden fünf Piaster für die Benutzung verlangten. Jetzt erschienen mir die fünfundzwanzig Piaster, die vor kurzem jeder Gepäckträger für das Anheben meines Koffers einhob, in einem ganz neuen Licht. Ich bezahlte demnach den Fellachen ein Vergnügen.

Trotz dieser pittoresken Eindrücke trieb mich das Verkehrsgebaren der Einheimischen ins Hotel zurück. Als Mitteleuropäer wird man nervös, wenn Bettelkinder einem an die Hosentasche fassen, um die Ausrede «Ich habe kein Kleingeld mehr!» auf ihren Wahrheitsgehalt nachzuprüfen.

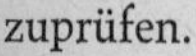

Vor dem Nil-Hilton fuhr gerade ein Pullman-Bus zu einer Stadtbesichtigung ab. Da bin ich eingestiegen.

Erste Station: Der Palast König Faruks, im Reiseführer als «Musterbeispiel orientalischer Prachtentfaltung» bezeichnet. Das scheint mir stark übertrieben. Die Inneneinrichtung könnte samt und sonders aus Berliner Kanzleiratswohnungen der Jahrhundertwende stammen. Das Schlafzimmer des lebensfrohen Monarchen war eine herbe Enttäuschung. Ein graugestrichenes Umbaubett, wie man es in jedem zweitklassigen Hotel finden kann, und als Nachttischbeleuchtung eine ordinäre Büro- oder Arbeitslampe, denn der Potentat pflegte bis in die Nacht hinein das Beste seines Volkes im Auge zu haben. Schöne Ägypterinnen in Öl schmückten alle Privatgemächer des Herrschers.

Wirklich interessant war für die meisten nur das Badezimmer. Dort

Als Foto-Hintergrund für geltungstriebhafte Bundesbürger und andere Touristen aus aller Welt haben die Pyramiden nicht ihresgleichen. Wer so ein Bild vorzeigen kann, erhöht sein Prestige und vergißt schnell die vielen kleinen Mißhelligkeiten, die eine Ägyptenreise mit sich bringt. Wer dieses Foto nicht hat, dem wird niemand glauben, daß er wirklich da war.

stand neben einer Personen-Waage ein weißer Glasschrank mit sehr persönlichen Gerätschaften, die Seine Majestät in der Eile des Aufbruches zurückgelassen hatte: Ein Föhn, ein Klistier und einige rätselhafte orientalische Apparaturen, von denen die aufs Exotische eingestellte Phantasie der Schloßbesichtiger, die sich kein X für ein R vormachen lassen wollten, stark beflügelt wurde. Im Vorraum des Badezimmers hingen Stangen von der Decke, auf denen zur Zeit Faruks lebende Tauben gurrten. So sagte uns jedenfalls der Kastellan. Die Tauben waren, von den Bienen natürlich abgesehen, des Königs Lieblingstiere.

Zum Schluß wurden wir in den privaten «Night Club» geführt. Die Ausstattung soll fünf Millionen Mark gekostet haben, ist es aber bestimmt nicht wert. Da wurde der König der Ägypter offensichtlich gewaltig übers Ohr gehauen, was in diesem Lande doch eigentlich das Vorrecht der Fremden ist. Eine Tür weiter lag das mit nackten, sich auf Kissen rekelnden Odalisken reich dekorierte Schlafzimmer der Königin-Mutter, die von hier aus wohl aufgepaßt hat, daß ihr dickes Bübchen nebenan keinen Unfug trieb.

Zweite Station der Stadtrundfahrt: Die Zitadelle mit der Mohammed-Ali-Moschee. Hier stauten sich die Sightseeing-Busse. Die in das mohammedanische Heiligtum strömenden andersgläubigen Touristen mußten ihre Schuhe in die Hand nehmen und sich von am Boden hockenden biblischen Gestalten graue Leinenbeutel über die Füße ziehen lassen. Die Muselmanen arbeiteten nur mit der linken Hand, die rechte hielten sie zum Bakschischempfang hoch, pro Minute etwa fünfmal.

Letzte Station: Die stark übervölkerte Altstadt mit dem «Basar». Es bedurfte starker Überredungskünste des Führers, wenigstens einen Teil der Insassen aus dem Bus heraus auf die Straße und in die Souvenirläden zu bringen. (Der Dragoman bekommt von jedem Kauf Prozente.) Die meisten blieben sitzen, denn der Dreck, mit dem orientalisches Volksleben bekanntlich verbunden ist, überstieg hier selbst die romantischsten Erwartungen.

Ich schloß mich dennoch einer kleinen Gruppe an, die unter Führung unseres Dragomans einen Ausfall aus dem von Bakschischjägern umlagerten Bus wagte. Nach Einkauf des Allernötigsten an Souvenirs, wozu vor allem eine «Harems-Geheimnisse» genannte Parfum-Mischung gehörte, retirierten wir wieder in das Kollektiv-Fahrzeug, wo die sitzengebliebenen Amerikanerinnen deutlich von uns abrückten. Damit war die Stadtrundfahrt beendet.

Abends habe ich das Restaurant «Muenchen» besucht. Dort saßen unter einem handgemalten Alpenpanorama biertrinkende blonde Männer mit treudeutschem Spezialistenblick. Man sah ihnen an, daß sie jede Schraube ihrer Rakete oder Düsenbomber kannten und sonst nichts in der Welt.

Auf einer Konsole stand eine Plastik des Münchner Kindls, und ein fesgeschmückter Neger brachte eine «Original Bayerische Leberknödelsuppe», die aber einen sehr unbayerischen Wasserbüffel-Nachgeschmack hatte.

Der Abschied von Kairo fiel mir ziemlich leicht. Vom Verlassen des Hotels bis zum Betreten des Schiffes in Alexandria hatte ich 18 (in Worten achtzehn) hilfsbereite Araber mit Bakschisch zu beschenken. Meine Piaster schwanden dahin. An der Gangway krächzte mir von hinten eine Männerstimme ins Ohr: «Scheene Miezen! Puff!» Ich drehte mich um. Ein Burnus bot schöne Mützen und runde lederne Sitzkissen an. Als das Schiff ablegte, war ich sehr erleichtert, seelisch und finanziell.

Ein Trip nach Kairo steht im Prestige-Wert weit über einer Spanien- oder Italienreise. Und nur deshalb fahren die meisten Leute hin. Denjenigen Lesern aber, die einen romantischen, von den Wohlgerüchen Arabiens erfüllten, liebenswerten und farbenprächtigen Orient kennenlernen möchten, gebe ich den Rat: Gehen Sie ins Kino.

Für 55 Mark in hundert Klubs

Daß die nebelumwallte britische Insel ein einziger großer Klub ist, merkt der vom Festland kommende Besucher bereits beim Verlassen des Fährschiffes in Dover. Inhaber eines britischen Passes, also Klubmitglieder, betreten die Zollhalle durch einen besonders gekennzeichneten Eingang. Die Nicht-Briten, offiziell *aliens* genannt, werden wenige Meter weiter streng separat eingeschleust.

Das englische *aliens* bedeutet «Ausländer». Französische Kanalüberquerer sind immer wieder schockiert, wenn sie beim Empfang in Dover dieses Wort lesen, denn *aliénés* sind im Französischen schlicht und einfach «Irre».

Einen leicht irren Blick bekommt der Fremde in der Tat, wenn ihm beim Zoll von einem Beamten Ihrer Britischen Majestät eine weiße Papptafel mit vielen kleingedruckten Fragen vor die Nase gehalten wird. Ihre Majestät wollen unter anderem genau wissen, ob man folgendes bei sich hat: Horror-Bildergeschichten, Prospekte von Lotterien, nichteuropäische Kaninchen oder obszöne Artikel. So was will die zweite Elizabeth keinesfalls im Lande haben.

Was soll man dazu sagen? Ich reise prinzipiell ohne Kaninchen und kenne auch unter meinen Freunden niemand, der auf Reisen solche Tiere mit sich führt. Und was ein obszöner Artikel ist, darüber könnte sich ein geschulter Psychoanalytiker wahrscheinlich stundenlang mit den Zollbeamten unterhalten.

Beim Lesen der Einfuhr-Vorschriften wird dem Gast sehr schnell klar, daß er den Boden eines mit skurrilen Gesetzen gepflasterten Landes betritt.

Am empfindlichsten trifft den Fremden die staatliche Reglementierung eines der natürlichsten Triebe der Welt, nämlich des Durstes. Und zwar jenes speziellen Durstes, der auf Kakao, Tee oder Kaffee nicht anspricht. Alkoholische Getränke dürfen nur um die Mittagsstunden herum und abends bis 23 Uhr ausgeschenkt werden.

Trinken ist in England also ein Gebot der Stunde. Das diesbezügliche Gesetz hat aber allein in London dreieinhalbtausend Hintertüren, und zwar die Vordertüren der Klubs. Dort gibt es immer was, allerdings nur für Mitglieder.

Was tut nun der durstige Fremde, den ein hartes Schicksal oder der Tourismus an die unwirtliche Küste Albions warf? Der Portier meines Londoner Hotels verriet es mir: Auch der Tourist kann für 1 Pfund, also rund 11 Mark, sofort Mitglied eines (natürlich bescheidenen) Klubs werden und sich so eine nach 23 Uhr weitersprudelnde Quelle erschließen.

Als ich am späten Abend nach dem Genuß einer scharfgewürzten Reistafel das indische Restaurant in der Old Compton Street verließ, spürte ich deutlich, daß ich heute noch unbedingt Klubmitglied werden mußte.

Wenige Häuser weiter leuchtete ein Schild:

VENUS ROOM
Social Club

Da der exklusivste Londoner Klub, dem viele Minister angehören, den Namen der Göttin Pallas Athene im Schilde führt, konnte es sich bei dem «Venus Room» eigentlich nur um etwas sehr Vornehmes handeln. Die im Eingang hängenden Schaukästen überraschten mich allerdings etwas, denn sie zeigten Fotos von fast gar nicht oder nur sehr notdürftig bekleideten Damen. Sollte «Social Club» etwa bedeuten, daß es sich hier um einen karitativen Verein handelte, der die Nackten zu kleiden beabsichtigt? Dies nachzuprüfen, ging ich die Treppe hinauf.

Hinter einer Tür mit der den Laien abschreckenden Aufschrift *Members only!* saß ein schwarzgelockter, dicker Mann an einem mit Formularen bedeckten Tisch. Ich äußerte den Wunsch, Mitglied zu werden. Wortlos wurde mir ein Antragsformular hingeschoben. Der Text begann:

Herr Klubsekretär!
Ich bitte Sie darum, meinen Namen dem Wahlkomitee des Klubs vorzuschlagen.

Da stockte ich, denn ich hatte es ja eilig, weil mir die Zunge brannte. Auf die Frage, wieviel Zeit wohl bis zur Aufnahme verstreichen würde, sagte der Klubsekretär: «Eine Minute.» Beruhigt las ich weiter:

Werde ich als Mitglied gewählt, erkenne ich die augenblicklich gültigen oder später geänderten Klubregeln an.

Einen solchen Blankoscheck auf die Zukunft zu unterschreiben, erfordert natürlich Mut. Auch zwei Bürgen konnte ich nicht benennen, wie das Formular es verlangte.

«Das mache ich schon», sagte der Sekretär, «Hauptsache, Sie leisten die Unterschrift und zahlen eine Guinea Jahresbeitrag.»

Der Durst trieb mich zur Tat.

Eine Guinea ist etwas mehr als ein Pfund, umgerechnet etwa 12 Mark. Ich gab dem Mann zwei Pfundnoten und hielt die Hand zur Entgegennahme des Wechselgeldes auf. Er gab mir aber nicht alles heraus, sondern behielt ein großes Geldstück zurück, legte es auf seinen linken Handrücken, deckte schnell die rechte Hand darüber und fragte: «*Head or tail?*» Das entspricht unserem «Kopf oder Zahl».

«*Tail!*» sagte ich aufs Geratewohl.

«Verloren!» grinste mein nunmehriger Klubkamerad und ließ seinen Gewinn in die Tasche gleiten, ohne mir vorher zu zeigen, was nun wirklich oben lag. Ein so feiner Klub war das.

Ich bekam eine rote Mitgliedskarte und betrat den nur spärlich erleuchteten, verqualmten Klubraum. Gleich neben dem Eingang befand sich eine Bar, hinter der eine üppige Dame einen Plattenspieler und einige wenige männliche Gäste bediente. Kaum hatte ich auf einem Barhocker Platz genommen, rasselte vor meiner Nase ein Gitter herunter und trennte mich von Bardame und Getränken. «Elf Uhr!» sagte die vergatterte Hebe. «Jetzt wird nur noch am Tisch serviert.»

Ich setzte mich also an einen Tisch und bestellte ein Glas Bier. Daraufhin brachte die Kellnerin Messer und Gabel, in eine Papierserviette eingewickelt. War mein Englisch so schlecht? Ich wiederholte ganz deutlich den Wunsch nach einem Bier, gab das Besteck zurück und sagte: «Ich möchte nichts essen.»

Die Servierkraft flüsterte belehrend: «Sie *müssen* aber etwas essen, sonst bekommen Sie nichts zu trinken. Das ist Gesetz.»

Sie brachte ein Bier und ein Sandwich, kassierte dafür sofort ein halbes Pfund und sagte: «Sie brauchen es nicht aufzuessen. Sie können es liegen lassen.» Das tat ich auch, denn das Sandwich sah so aus, als wäre es schon sehr oft liegen gelassen worden.

Die ebenfalls nicht sehr appetitliche Strip-Tänzerin, die sich nun auf der kleinen Bühne an ihrer Garderobe zu schaffen machte, hatte mit dem Sandwich das Wesentliche gemeinsam. Beide mußten eine vom Gesetz vorgeschriebene Aufgabe erfüllen. Das erfuhr ich von meinem Tischnachbarn, einem leicht angetrunkenen und deshalb gesprächigen Engländer. Er klärte mich über die formaljuristischen Details des britischen Nachtlebens auf.

Demnach bekommt ein Klubgastronom nur dann eine Lizenz für Alkoholausschank nach 23 Uhr, wenn er zum Getränk etwas Eßbares und ein «Programm» bietet. Die Strip-Nummer ist also eine echte Zwangsvorstellung, der ein hochmoralischer und tiefsozialer Gedanke zugrunde liegt, wie mir der Nachbar einleuchtend bewies: Die seit 1921 im Gesetz verankerte Kombination von Klub-, Eß- und Show-Zwang hat den Zweck, die in England (dem klassischen Lande der Selbstbeherrschung) so verbreitete Trunksucht einzudämmen. Die Befriedigung eines nach der Sperrstunde auftretenden Durstes soll so stark verteuert werden, daß die wirtschaftlich Schwachen die Lust am Trinken verlieren, früh schlafen gehen und morgens frisch zur Arbeit erscheinen. Wer glaubt, das sei die Theorie eines leicht angetrunkenen Witzboldes, täuscht sich. Es ist die offizielle, von seriösen Politikern vor dem Unterhaus in die Waagschale geworfene Begründung für die grotesken englischen Schankvorschriften.

Um einen tiefen Einblick in das britische Sozialgewissen bereichert, verließ ich «meinen» Klub. Das bescheidene Bierchen hatte mich inklusive Beitrag rund 20 Mark gekostet.

Das trieb mich aber, trotz nachweislich wirtschaftlicher Schwäche, noch nicht ins Bett. Mit vom Curry erhitzter Kehle wanderte ich weiter durch Soho, das Zentrum des Londoner Nachtlebens zwischen Piccadilly und Oxford Street. Es war eine halbe Stunde vor Mitternacht, die Menschen strömten in Massen aus Kinos und Theatern. Etwaigen Durst konnten sie theoretisch nur alkoholfrei löschen. Praktisch gingen aber fast alle was Hochprozentiges trinken, sei es zu Hause, sei es in irgendeinem Klub.

Während eines halbstündigen Soho-Bummels zählte ich zwischen Leicester Square und Frith Street einhundertundzweiunddreißig «Klubs». An fast jedem Kellerloch, an den meisten Hauseingängen prangte irgendein Klubname mit dem deutlichen Hinweis *«Members only!»*. Wer hier als *alien* herumstreicht, kommt sich vor wie ein ausgestoßener räudiger Hund.

Viele Klubs hatten uniformierte Portiers, manche Häuser aber auch weibliche, nicht uniformierte Türsteherinnen, die sich anscheinend mit der Anwerbung neuer Mitglieder befaßten.

Zwischen den verschiedenen Etablissements eilten stark geschminkte Mädchen geschäftig hin und her. Die meisten trugen als Berufskennzeichen eine Schallplatte unter dem Arm. Das waren die fleißigen Stripperinnen, die in mehreren Klubs nacheinander zur mitgebrachten Musik ein «Programm» liefern, wie es das so hochmoralische Gesetz gegen den Alkoholmißbrauch befiehlt. Die Mädchen verdanken dem Schankgesetz ihr Brot (und noch einiges obendrauf).

In der Gerrard Street stand unter einem vornehmen Baldachin ein fürstlich galonierter Türhüter. Der Eingang sah nach was Besserem aus. Ich fragte den Uniformierten, wie hoch der Mitgliedsbeitrag sei. «Ein Pfund», sagte er.

Der Reistafel-Nachdurst trieb mich hinein. Die Formalitäten waren die gleichen wie im «Venus Room». Nach Unterschreiben der Bitte, dem Wahlkomitee vorgeschlagen zu werden, opferte ich ein Pfund, bekam eine Mitgliedskarte und durfte zu den Klubräumen hinuntersteigen.

Mein ambulantes Gewerbe hat mich schon in viele finstere Spelunken geführt. Aber diese hier war wohl das Trostloseste, was ich je sah. In einer Art Heizungskeller, dessen einziger Wandschmuck aus einem Plakat mit dem Kölner Dom und der Aufschrift «Deutschland – Kirchen und Kathedralen» bestand, saßen auf abgewetzten Stühlen ein paar mißmutige Männer. Sie betrachteten auf einer kleinen, in der Ecke hängenden Leinwand einen verregneten Film, der das nackte Leben zeigte. Schnell trank ich mein Bier (Gesamtkosten 15 Mark), ließ das Zwangs-Sandwich liegen und ging. Der Klubsekretär konnte mir gerade noch

Mancher ausgesprochen vornehm aussehende Klubeingang in Soho läßt dem vorbeiwandernden Fremden Schauer der Ehrfurcht über den Rücken rieseln. Die äußere Aufmachung läßt auf vornehme Exklusivität und Tradition schließen. Was aber häufig dahinter liegt, zeigt das Bild auf der nächsten Seite ...

einen Zettel in die Hand drücken, auf dem zu lesen war, daß der eben gezeigte Film verkäuflich sei.

Eine halbe Stunde nach Mitternacht kam ich ins Hotel und erzählte dem Portier meine Klub-Erlebnisse in Soho. Er war peinlich berührt und sagte: «Das waren doch keine Klubs, sondern ...!» (Hier muß ich leider ein Wort weglassen, traue aber meinen Lesern soviel geistige Regsamkeit zu, daß sie es richtig einsetzen können.)

Dann zeigte mir der Schlüsselbewahrer in der Wochenschrift «Was ist los in London?» ein ganzseitiges Inserat mit der Schlagzeile «100 Klubs für 5 Pfund!». Darunter stand, daß man beim «Clubman» in der Finchley Road 170 a Mitglied von einhundert ausgesuchten Klubs werden kann. Und das für ganze 55 Mark Jahresbeitrag, also 55 Pfennige

Hinter vielversprechend aussehenden Soho-Klubeingängen findet der Besucher oft nichts weiter als einen schäbigen Keller. Obiges Bild wurde in einem Hause der Gerrard Street nach der Natur gezeichnet. Der Schemel im Vordergrund dient den auftretenden Künstlerinnen teils als Garderobenablage, teils als Drehbühne.

pro Klub. Besser konnte der Unsinn des Klubzwanges wohl kaum ad absurdum geführt werden.

Ich steckte das Inserat ein und ging schlafen. Nach dem Frühstück fuhr ich zur Finchley Road.

Um in das Büro des «Clubman» zu gelangen, muß man einen düsteren, mit Mülleimern bestückten Hinterhof überqueren.

Eine hübsche junge Dame führte mich in das hochmodern eingerichtete Arbeitszimmer des Chefs. Er war höchstens dreißig Jahre alt, elegant gekleidet und erläuterte mir bereitwillig die Vorteile und Bedingungen einer hundertfachen Klubmitgliedschaft. Sehr bald dämmerte mir, daß dieses «Clubman»-Unternehmen nichts weiter war als eine Schlepper-Organisation, die mehr oder weniger teuren Nachtlokalen ausländische Gäste zuführt. Ich verzichtete auf den Beitritt, bekam dann aber eine Ehrenmitgliedskarte und ein kleines blaues Büchlein mit den hundert Klubadressen geschenkt.

Welch ein gastfreundliches Land!

Als ich auf dem Heimweg in dem Büchlein blätterte, fiel ein rosa Zettel heraus. Er forderte zum Kauf einer Schallplatte auf, die vom «Clubman» vertrieben wird (natürlich nur an Mitglieder). Sie heißt «Lektionen der Liebe» und behandelt, so stand es jedenfalls auf dem Zettel, erschöpfend die Themen «Wie man ein Mädchen liebt» (Vorderseite) und «Wie man einen Mann liebt» (Rückseite).

Welch ein rätselhaftes Land!

Demjenigen, der mir einen vernünftigen (ich betone ausdrücklich *vernünftigen*) Grund für das englische Schankgesetz angeben kann, schenke ich eine Flasche Whisky.

Die Behauptung, daß die Trunksucht durch dieses Gesetz eingedämmt wird, stimmt nicht. Wer einmal gesehen hat, wie die Gäste in den «Pubs», den lizensierten Kneipen, gegen die Uhr antrinken und fünf Minuten vor elf jenen glasig-apathischen Blick haben, der von Fremden oft für vornehme englische Zurückhaltung gehalten wird, kann das bestätigen.

Ich habe einige der «Clubman»-Klubs besucht, wo bis zu dreißig hopsende, alberne Songs kreischende Girls aufgeboten wurden, um das Gesetz zu erfüllen und das Glas Whisky des Gastes so stark wie möglich zu verteuern. Dann entschloß ich mich, mir eine Flasche aufs Zimmer zu stellen und die Klubs zu meiden.

Nun wird mancher Leser mit Recht sagen: «Unter einem englischen Klub habe ich mir etwas ganz anderes vorgestellt. Holzgetäfelte Hallen, wo vornehme Herren in tiefen Sesseln die *Times* lesen und wo kein weibliches Wesen zugelassen ist.»

Diese Klubs gibt es natürlich auch, aber es ist für einen nur vorüber-

So stellt sich der Laie einen typisch englischen Club vor, und so sieht es in diesen Zufluchtsstätten aller jener Männer, die Ruhe vor ihren Frauen und ein stilles Plätzchen für die «Times»-Lektüre suchen, auch tatsächlich aus.

gehend auf die Insel verschlagenen Fremden praktisch unmöglich, hier Mitglied zu werden. Die Aufnahme-Formulare sind zwar haargenau die gleichen wie im «Venus Room», aber ein Bewerber muß jahrelang warten und mehrere englische Bürgen beibringen.

Ich hatte das große Glück, bei Freunden ein Mitglied des höchst exklusiven «Junior Carlton Clubs» kennenzulernen und bei diesem wie ein Bilderbuch-Lord aussehenden Herrn soviel Vertrauen zu erwecken, daß er mich am nächsten Tag als Gast in seinen Klub mitnahm.

Es war zwölf Uhr mittags, als wir vor dem gewaltigen Klubgebäude in der Pall Mall ankamen. Pausenlos rollten Taxis vor, aber auch viele Rolls-Royce, denen lauter zum Verwechseln ähnliche Herren entstiegen, mit Melone, eingerolltem Schirm, elastischem Gang und kerzengerader Haltung.

In der pompösen, von der Patina eines vollen Jahrhunderts angefressenen Halle schlug mir milder Moderduft und beißender Kohlendunst entgegen. Im offenen Kamin glühte ein Anthrazithaufen. Auf ziemlich abgetretenen Teppichen standen diskret plaudernde Lordgestalten und einige sandgefüllte Marmeladeneimer für Pfeifen-Asche.

Mein liebenswürdiger Gastgeber Sir Archibald ... (seinen Familiennamen möchte ich nicht nennen, weil eine Bekanntschaft mit mir dem Ruf eines Gentleman nur abträglich sein kann) führte mich zunächst in die prächtige Bibliothek. Sie war sehr gut besucht, weil dort Sprechverbot herrscht und man in völliger Ruhe ein Nickerchen machen kann. Einige der in Ohrensesseln sitzenden Herren lasen die obligatorische *Times*, andere meditierten vor sich hin. Vielleicht dachten sie auch an gar nichts – eine der gesündesten Beschäftigungen, die es gibt.

Im Billardraum waren zu meinem Erstaunen alle an der Wand hängenden, mit Namen versehenen Stöcke durch Vorhängeschlösser gesichert. Wer traut hier wem nicht? Wir gingen weiter zur Bar, die aussah wie der Wartesaal erster Klasse eines Bahnhofs aus der Gründerzeit.

Bei einem Whisky fragte ich Sir Archibald, wozu der Engländer eigentlich unbedingt einen Klub braucht. Das war natürlich nicht sehr höflich, aber wie soll man sonst etwas erfahren?

Leicht irritiert zog der lupenreine Gentleman die buschigen Augenbrauen hoch und sagte: «Erstens, um keine Frauen zu sehen. Und zweitens, weil man nur mit Leuten der gleichen Bildungsstufe und Gesellschaftsschicht zusammen sein möchte.»

Beides ist für mich ein furchtbarer Gedanke, aber das will wohl nichts heißen.

Ich bat Sir Archibald um irgendeine typische und lustige Anekdote aus dem Klubleben.

«Da kann ich Ihnen eine köstliche Geschichte erzählen», sagte der Gentleman strahlend, «sie liegt zwar dreißig Jahre zurück, hat aber nichts von ihrer umwerfenden Komik verloren. Damals brachte ein Klubmitglied einen jungen Schweden als Gast mit. Der trug einen dunklen Anzug und dazu – Sie werden es nicht glauben – zweifarbige Schuhe!»

Sir Archibald machte eine kleine Pause, damit ich mir das Ungeheuerliche dieser Kombination richtig vor Augen führen konnte. Dann fuhr er fort: «Er stand also hier an der Bar. Da kam der Klubdiener und sagte zum Klubmitglied, das den Schweden mitgebracht hatte: ‹Seine Lordschaft der Klubvorstand läßt fragen, ob dieser Herr ein Mitglied unseres Klubs sei.› Ist das nicht köstlich?»

Ich brauchte ziemlich lange, bis ich begriffen hatte, daß die Geschichte zu Ende war. Aber dann lachte ich höflich über den hintergründigen Humor des Klubvorstandes, der zum Spaß so tat, als ob ein Mensch mit zweifarbigen Schuhen zum dunklen Anzug Mitglied des «Junior Carlton Clubs» sein könnte. Und Sir Archibald lachte herzlich mit.

Ein Herr, der wie ein britischer General im Ruhestand aussah, gesellte sich zu uns. Da wurde Sir Archibald ans Telefon gerufen. Nach einem etwas gequälten Gespräch (man darf in besseren englischen Kreisen nur über Wetter, Tiere, Blumen, Verdauung oder die königliche Familie sprechen) bat ich den Herrn um eine lustige Anekdote aus dem Klubleben.

Er brauchte nicht lange zu überlegen: «Da gibt es eine köstliche Geschichte: Vor etwa zwanzig Jahren brachte ein Klubmitglied einen jungen Schweden als Gast mit. Der Schwede trug einen blauen Anzug und dazu – Sie werden es kaum glauben – zweifarbige Schuhe...»

Wanderer, kommst du nach London, meide die Klubs. Wenn auch im *What's on in London?*, dem amtlichen Vergnügungsanzeiger, der schöne Satz steht: «Besuchen Sie die Klubs, dinieren Sie, tanzen Sie, lassen Sie sich unterhalten... und Sie werden verstehen, weshalb London der fröhlichste Ort der Welt genannt wird!»

Den Mann möchte ich kennenlernen, der diesen Satz schrieb. Er hat die britische Insel bestimmt noch nie im Leben verlassen.

Strip-Strip-Hurra!

Seit vielen Jahren rieten mir aus Paris zurückkehrende Freunde: «Du mußt unbedingt mal in den ‹Crazy Horse Saloon›. Dort gibt es den besten Strip-tease der Welt.»

Wenn ich mich bei den wohlmeinenden Freunden nach den Kosten eines «Crazy Horse»-Besuches erkundigte, wurden mir Zahlen zwischen 50 und 100 Mark genannt. Aber das sei es wirklich wert.

Trotzdem schreckte ich jahrelang vor dieser Ausgabe zurück. Als mehr oder weniger nüchterner Rechner machte ich mir klar, was man in Paris alles für 50 Mark haben kann: einhundert Gläschen Beaujolais an der Bistro-Theke, oder zweimal ein Menü *gastronomique* mit Austern, Bouillabaisse, Chateaubriand, Käse, Dessert und Mokka. Selbst auf die Gefahr hin, als senil zu gelten, muß ich gestehen: Der Vergleich fiel bisher immer zuungunsten des Strips aus.

Nun wurde aber vor kurzem der «Crazy Horse Saloon» von der offiziellen französischen Fremdenverkehrswerbung in die Liste der nationalen Monumente aufgenommen. Er steht gleichberechtigt neben Mona Lisa, Arc de Triomphe, «Moulin-Rouge» und Eiffelturm. Unter diesen Umständen durfte ich nicht länger zögern.

Das Mekka der Fleischbeschauer liegt in der Avenue Georg V in der Nähe der Champs-Élysées und ist gar nicht so leicht zu finden. Nur ein bescheidenes, gelbleuchtendes Schild weist dem Suchenden den Weg in die Toreinfahrt eines Bürohauses, das unter anderem eine Firma für «öffentliche Wettbewerbe», die «Gesellschaft zur wirtschaftlichen Erschließung des Senegal» und ein deutsches Stahl-Unternehmen beherbergt. Strip-tease im Hause – eine bessere Lage kann es für ein Büro wohl kaum geben.

Durch die Einfahrt gelangt man in einen Hof, von dem aus eine Art Raubtier-Laufgang, wie ihn jeder vom Zirkus kennt, unter die Erde führt.

Der wildwestlich dekorierte Keller war eine Stunde vor Beginn der Vorstellung bereits gesteckt voll. Die Bevölkerungsdichte gab eine ungefähre Vorstellung von der Welt in hundert Jahren: für vier Personen ein Quadratmeter. Und diesen Quadratmeter müssen sich die Gäste noch mit einem Tischchen teilen, auf dem haargenau ein Sektkübel, vier Gläser und ein Aschenbecher Platz haben. Ein Kellner in buntkarierter Weste und Hemdsärmeln rammte mich zwischen eine erfreulich anzusehende Dame mit Begleiter und einen breitschultrigen Amerikaner. Es war so eng, daß ich nur mit Mühe den linken Unterarm freibekommen konnte, um einen gelben Zettel mit der deutschen Aufschrift «Achtung!» vom Tisch zu nehmen.

Da stand zu lesen:

Wir wechseln Ihnen Deutsche Mark in der Landeswährung. Amüsieren Sie sich gut. Bitte, gehen Sie nicht in die Tänzerinnengarderobe! Hochachtungsvoll!

Der Druck, den die komprimierten Gäste ausübten, wurde geschickt durch mehrere im Raum verteilte, fest im Boden verschraubte und verankerte Barrieren aufgefangen. Ohne diese Bremse wären die hinten Sitzenden unweigerlich durch die Kellerwand gepreßt worden.

Immer, wenn sich ein Kellner mit einem gefüllten Tablett vorbeikämpfte, mußte ich meinen Kopf auf die Schulter der neben mir sitzenden Dame legen, wodurch eine gewisse Vertrautheit entstand. Ich sagte jedesmal höflich «Pardon!». Beim drittenmal bat sie mich, die Schlüssel aus der Hosentasche zu nehmen, denn sie drückten sich in ihr Bein. Die Prozedur war gar nicht so einfach. Ich bat den Amerikaner, auszuatmen und für einen Moment die Arme hochzunehmen. So gelang es, die Schlüssel herauszuholen und ein dankbares Lächeln meiner schönen und mir körperlich nicht mehr fremden Nachbarin zu ernten. Man hätte die Stimmung geradezu als intim bezeichnen können, wenn die Musik nicht so fürchterlich laut gewesen wäre. Auch bedrückte mich der Gedanke, daß mein bester Anzug wahrscheinlich mit vielen Brandlöchern versehen wurde, denn hinter meinem Rücken drängten sich kettenrauchende Orientalen, deren Zigarrenasche mir in den Kragen rieselte.

Das Publikum war ganz anders, als man es in einem Strip-tease-Lokal erwartet. Erstaunlich viele Ehepaare, die Damen alle sehr elegant gekleidet. Französisch sprachen nur die Kellner. An die legitimen Gattinnen wandte sich eine Leuchtschrift mit dem Text:

Fürchten Sie, die Gunst Ihres Ehemannes zu verlieren? Dann besuchen Sie unsere Nachmittags-Strip-tease-Kurse!

Diese neuartige Methode zur Ehefestigung und zur Herabdrückung der Scheidungsquote sollte sich unser so rühriges Familienministerium mal durch die zahlreichen Köpfe gehen lassen.

An den Kellerpfeilern waren zu Hunderten kleine erleuchtete Farbdias angebracht, auf denen die Königinnen des Strips im letzten Stadium ihrer Entblätterung prangten. Alleinstehende Herren prüften die Bilder sehr genau, Kavaliere in Damenbegleitung riskierten nur einen flüchtigen Blick.

Rundherum wurde Champagner getrunken. In dem Glauben, diese Wohlstandserfrischung sei hier obligatorisch, bestellte ich beim Ober eine halbe Flasche. Da mischte sich der Amerikaner ein und sagte: «Bestellen wir gemeinsam eine ganze Flasche, das ist bedeutend billiger.»

Bilder sich ausziehender Damen sind aus den Schaukästen unserer Nachtlokale nicht mehr wegzudenken. Das Strip-tease ist die schärfste Waffe der Vergnügungsindustrie im Kampf gegen das Fernsehen. Wörtlich übersetzt heißt Strip-tease soviel wie «Auszieh-Necken». Das ist eine sehr treffende Bezeichnung, denn beim Fallen der letzten Hülle verschwindet die Akteurin blitzschnell von der Bühne, und die Zuschauer haben nichts als das Nachsehen.

So erfuhr ich von der im internationalen Nachtleben wohl einmaligen, gestaffelten Preisgestaltung des «Crazy Horse»: Eine halbe Flasche kostet 70 Mark, eine ganze, wenn man sie zu zweien trinkt, 90 Mark. Trinkt man dieselbe Flasche zu vieren, steigt der Preis auf 130 Mark. Die zweite Flasche kostet dann aber nur noch 60 Mark.

«Hier wird nicht geneppt», versicherte mein Nachbar, «es ist ein richtiges Familienlokal. Animierdamen gibt es nicht, und auch die Tänzerinnen dürfen sich nicht zu den Gästen setzen, sie müssen nach ihrem Auftritt das Etablissement durch einen separaten Ausgang verlassen.»

Der Mann schien sehr gut Bescheid zu wissen. Deshalb fragte ich ihn nach der Bedeutung des großen Ölgemäldes aus dem 18. Jahrhundert, das vor der Bühne hängt. Es zeigt eine füllige weibliche Schönheit, die nur mit einem Geldtäschchen bekleidet ist. In der Hand hält sie ein geöffnetes Notizbuch und einen Gänsekiel, rund um sie herum drängen sich korrekt im Kostüm der Zeit gekleidete Herren, von denen einer ihr den nackten Fuß küßt. Ich hielt die buchführende Dame für eine Frühform des Call-Girls, wurde aber eines Besseren belehrt. Das Bild heißt

«Die Göttin der Liebe, der Neid und das Geld». Es ist eine Reliquie aus der Zeit, da der Inhaber des «Crazy Horse», Monsieur Alain Bernardin, noch Antiquitätenhändler in der Rue Faubourg St. Honoré war. Er sattelte nach dem Kriege von alten Kunstwerken auf junge Nackedeis um und hatte es nicht zu bereuen, denn er wurde reich dabei.

Plötzlich gingen alle Lichter aus. Das Gehämmer eines elektrischen Klaviers dröhnte in die Finsternis. Eine sonore Ansagerstimme verkündete aus mehreren Lautsprechern: «Wir beginnen unser Programm der Girls de Luxe in ihrem Strip-tease *intégral*! Lehnen Sie sich zurück! Entspannen Sie sich! Vergessen Sie Ihre Frau!» Wer jetzt in der Totalfinsternis ein Taschentuch zum Brilleputzen aus der Hosentasche holen wollte, erwischte nicht unbedingt das eigene.

Vor dem tiefschwarzen Bühnenhintergrund leuchtete ein sehr gut gewachsenes Mädchen auf. Soweit man mit bloßem Auge feststellen konnte, hatte es nichts an. Dem wurde aber bald abgeholfen. Zu den Klängen eines Negro-Spirituals bekleidete die junge Dame sich langsam und sorgfältig mit allen möglichen Dessous. Als sie damit fertig war, hatte sie anscheinend etwas vergessen, denn sie zog sich ebenso langsam noch mal aus. Dann strich sie mißtrauisch mit beiden Händen an sich herauf und herunter, wohl um nachzuprüfen, ob nicht doch etwa irgendwo ein Faden hängengeblieben war. Während dieser Tätigkeit wechselte pausenlos die Beleuchtung. Mal wurde ihre linke Hälfte bestrahlt, mal die rechte. Die Lichtfinger mehrerer Scheinwerfer wanderten liebevoll von einem plastischen Effekt zum anderen. Die junge Dame schien angestrengt nachzudenken. Was hatte sie vergessen? Wir sollten es gleich merken: Sie wollte uns noch etwas mit dem Bauch vorwackeln. Das tat sie eine Minute lang, um dann im aufrauschenden Orgelfinale ihre Kreise und Ellipsen beschreibende Kehrseite vorzuführen. Mit dem letzten Akkord verlosch das Licht, der erste «Strip-Intégral» hatte sein Ende gefunden.

«Das war ziemlich müde», sagte mein Nachbar, «da hätten Sie mal bei der Eröffnung des ‹Crazy Horse› den berühmten Floh-Strip-tease von Miss Fortunia sehen sollen! Sie suchte sich überall nach einem imaginären Floh ab. Da war was los!» Das glaubte ich ihm unbesehen, denn die Möglichkeiten sind fast unbegrenzt.

Es folgte eine sogenannte «komische Nummer». Ein grotesk häßliches Forscher-Ehepaar in Shorts und Tropenhelm hopste hektisch um einen aufrecht stehenden Sarg mit einer weiblichen Mumie herum. Der Forscher wollte forschen und begann die Mumie zu entkleiden, worauf sie sehr lebendig wurde und nun ihrerseits dem Forscher das gleiche anzutun versuchte. Zu den Klängen der «Eroica» (der für die Musik Verantwortliche muß auf der Platte wohl ein «t» zuviel gesehen haben) zogen sich nun die drei ein dutzendmal gegenseitig die Beinkleider runter. Als Abschluß dieses Leckerbissens moderner Unterhaltungskunst versetzte die erboste Gattin dem Forscher mit dem Nudelholz einige wohlgezielte Schläge auf den Bauch. Ich spürte deutlich, wie die Dame neben mir zusammenzuckte.

Es sollte aber noch pikanter kommen. Aus den Lautsprechern drang die Ankündigung: «Jetzt wird Miss Cherry Liberty auf ihrem magischen Sattel die Flamme der Leidenschaft anblasen!» Das klang sehr vielversprechend.

Nach einigen Sekunden völliger Dunkelheit, die wahrscheinlich der Besinnung dienen sollten, wurde auf der Bühne ein reichverzierter Cowboysattel sichtbar. Auf ihm saß Miss Liberty in einem aus mehreren Fransen bestehenden Kostüm. Drei Schritte davon entfernt schwebte ein bunter Punchingball auf einer Spirale von einem Meter Höhe. Miss Liberty befreite sich unter großem Bewegungsaufwand von einer Franse, stieg ab, ging zum Ball, zeigte ihm ihre Kehrseite und setzte ihn durch wohlgezielte Stöße mit dem Allerwertesten in schwingende Bewegungen. Licht aus.

Licht an: Sie saß wieder im Sattel und nestelte die nächste Franse los. Zurück zum Ball, gleiche Schubsbewegungen, Licht aus.

Und das wiederholte sich, bis Miss Liberty in totaler Textilfreiheit dastand. Als die Künstlerin zum letztenmal den Ball mit dem Gesäß zum Pendeln gebracht hatte, drehte sie sich zum Publikum, streckte die Zunge raus und schrie «Bäh!». Ein ganz großer Lacher. Licht aus. Ende der Nummer. Ein dummes Spiel, nach Ansicht von Fachleuten aber voll tiefer Symbolik.

Mein Champagner-Teilhaber war begeistert: «Der Monsieur Bernardin hat durch seine Regie-Einfälle den Strip-tease zur Kunst erhoben. Allein die Beleuchtungseffekte sind genial!» Ich konnte schlecht widersprechen.

Als das Licht wieder anging, sah ich mir die Gesichter der Kunstfreunde im Saal an. Die Männer zeigten ein verkniffenes Lächeln vom Typ «Na, was ist das schon!», die Damen schienen allesamt eine Zitronenscheibe im Mund zu haben. Als ich zu meiner schönen Nachbarin hinübersah, zog sie mit der Linken geniert den etwas hochgerutschten Rock herunter und bedeckte mit der Rechten ihr Dekolleté. Das war die hübscheste Bewegung, die ich an diesem Abend sah.

Nach einer weiteren humoristischen Einlage, deren Schilderung ich dem Leser ersparen will, trat Dolly Bell auf, laut Ansage die «Callas des Strip-tease». Sie trug diesen Ehrennamen mit Recht, denn sie Beherrschte die Tonleiter solistischer Zärtlichkeiten von oben bis unten. Sie schien verliebt in den Bühnenvorhang, den sie drückte, herzte und knüllte, um dann hinter ihm zu verschwinden. Doch damit war die Nummer noch nicht zu Ende: Auf der völlig verdunkelten Bühne ging rosig leuchtend der Mond auf, wurde vom Halb- zum Vollmond, aber dann war es gar kein Mond, sondern die langsam aus dem Vorhang auftauchende nackte Kehrseite der Künstlerin. Der Beifall für die romantische Szene war groß.

Mit diesem Höhepunkt endete der erste Teil des Programms. Es folgten dreißig Minuten Pause. Das war meiner Nachbarin zu lang, sie kämpfte sich mit ihrem Begleiter, der sich sehr kühl von mir verabschiedete, zur Garderobe. Unser Beisammensein war ihm wohl zu eng gewesen.

Die wiedergewonnene Bewegungsfreiheit erlaubte mir, das Programm vom Tisch zu nehmen. Dort stand der interessante Hinweis:

Sie können unser Programm verstehen, auch wenn Sie Javaner, völlig betrunken oder geistig zurückgeblieben sind!

Für die letztere Spezies Mensch scheint die Unterhaltungsform des Strip-tease besonders geschaffen zu sein.

Der stripkundige Amerikaner vertrieb mir die Pause mit Geschichten von den großen Entblätterungs-Stars. Er erzählte von der legendären Rita Cadillac (schon der Name verspricht eine Luxuskarosserie), deren Strip mitten in der Vorstellung bei einem Stammgast einen Herzinfarkt verursachte, was ihr eine ungeheure Publicity einbrachte. Böse Zungen behaupteten allerdings, es sei ein von ihr bezahlter Komparse gewesen, der sich scheintot hinaustragen ließ.

Geradezu erschütternd war die Story von der erfolgreichen Stripperin Dodo d'Hambourg, einer norddeutschen Pfarrerstochter. Als sie eines Abends kurz vor dem Auftritt erfuhr, daß ihr erster, längst von ihr geschiedener Mann verstorben war, ging sie schwarz verschleiert auf die Bühne und kreierte den berühmt gewordenen «Witwen-Strip», der jahrelang ein volles Haus brachte.

Dieselbe Dodo geriet sich in der gemeinsamen Garderobe mit ihrer Kollegin Dolly Bell so gründlich in die Haare, daß sie eine große Schramme auf der strip-künstlerisch wertvollen Sitzfläche davontrug. Sie ging mit einer Schadenersatzklage vor Gericht. Die Beweisaufnahme muß sehr lustig gewesen sein.

Trotz seiner Begeisterung für die Darbietung des «Crazy Horse» machte der Amerikaner eine Einschränkung: In Amerika hätten die Stripperinnen größere Oberweiten. Er führte die Überfülle der Formen Jayne Mansfields und Diana Dors' als ideales Maß an. Der Publikumserfolg der von diesen Damen zur Show getragenen Hypertrophien ist in der anglo-amerikanischen Welt unbestreitbar und wird von den Psychiatern damit erklärt, daß viele Knäblein in ihrer frühesten Jugend vorzeitig auf Flaschennahrung umgestellt wurden. Die Freude am (aus Amerika zu uns gekommenen) Strip-tease scheint mir überhaupt auf diejenigen beschränkt zu sein, die irgendwo zu kurz gekommen sind.

Doch zurück zu den nackten Tatsachen. Der zweite Teil des «Crazy

Im «Crazy Horse Saloon» steht die meistbesuchte und am schärfsten beobachtete Badewanne der Welt. Die berühmte Strip-Künstlerin, die in diesem Gefäß allabendlich vor übervollem Hause ein Vollbad gestaltet, wird von über hundert Scheinwerfern sorgfältig ausgeleuchtet. Den starken Besuch kann man sich damit erklären, daß die meisten Gäste des Etablissements zu Hause keine Badewanne haben.

Horse»-Programms begann mit dem vielgerühmten «Bad der Braut», interpretiert von Fräulein Veronika Baum. Die Silhouette der Braut in Kranz und Schleier wurde von hinten auf eine Leinwand geworfen. Dazu erklang aus den Lautsprechern Orgelmusik und das Geräusch laufenden Badewassers. Die Illusion war vollkommen. *La jeune mariée* legte im Zeitlupentempo ihre festliche Garderobe ab. Stück für Stück entfernte sie die Einzelteile mit so apathischer Langsamkeit, daß jedem Bräutigam dabei mit Sicherheit der Kragen platzen würde.

Als die Braut endlich badefertig war, bekam sie zunächst Rot- und dann Grünlicht. Wie eine Verkehrsampel. Dann ging die Leinwand in die Höhe: Man sah Veronika in der Wanne sitzen. Das Wassergurgeln brach ab, die Orgel lief weiter. Die Braut steckte ein Bein in die Luft und säuberte es sorgfältig. Dann erhob sie sich unter den Klängen eines Hochzeitsmarsches.

Was dann kam, habe ich nicht mehr gesehen, weil am Tisch vor mir eine Dame ohnmächtig wurde. Der Gatte und ein Kellner hoben sie hoch und trugen sie hinaus, wobei in der Dunkelheit für etwa 800 Mark Getränke umgestoßen wurden. War das nun ein Trick der Dame, um ihren Mann herauszulocken, oder ein Trick der Geschäftsleitung, um den Konsum zu heben? Ich weiß es nicht.

Als die Braut ausgebadet hatte, trat ein Schauorchester auf, und dann bot eine junge Dame namens Poupée la Rose vier Minuten lang zuckend und wippend ihre diversen Blößen dar. Als Poupées Popo die Bühne freigab, wurde eine Pause von weiteren fünfundvierzig Minuten angekündigt. Da bin auch ich gegangen, denn es war bereits kurz vor eins.

Wer alle acht Strip-tease-Nummern von jeweils 3 bis 5 Minuten Dauer sehen will, muß fast vier Stunden lang in drangvoll fürchterlicher Enge ausharren.

In der Nähe des Ausgangs hängt ein alter Kupferstich an der Wand, eine Darstellung von Sündern im Fegefeuer. Das ist wohl ein diskreter Hinweis für Leute, die zu zahlen vergaßen. Daneben stand der Geschäftsführer. Als pflichtbewußter Reporter fragte ich ihn: «Könnte ich vielleicht in der großen Pause ein kleines Interview mit Ihren Künstlerinnen in der Garderobe machen? Ich bin Journalist.»

Er glaubte mir kein Wort und sagte: «Es ist unseren Darstellerinnen streng verboten, hier Bekanntschaften zu machen. Es sind ehrbare Mädchen, die sich solide verheiraten wollen. Viele von ihnen haben schon sehr interessante Ehen geschlossen!» (Er sagte wörtlich: *«Elles ont fait des mariages très intéressantes.»*)

Daß die Strip-Artistinnen eine Ehe interessant zu gestalten verstehen, glaubte ich ihm ohne weiteres. Der Herr wollte aber damit sagen, daß seine erfolgreichsten Schützlinge Großindustrielle ehelichten. Er sah mir wohl an, daß ich nicht zu dieser soliden Gesellschaftsschicht gehörte. Deshalb kann ich den Lesern leider kein Interview mit einer Stripperin bieten. Aber wahrscheinlich hätte ich doch nur erfahren, daß sie allesamt als Hobby gute Bücher, Tiere und klassische Musik lieben.

Der Siegeszug des Strip-tease ist nicht mehr aufzuhalten, denn er ist die zeitgemäßeste aller Unterhaltungsformen. Er bietet dem Staatsbürger die einzigen Enthüllungen, die niemandem schaden und deshalb auch dem Feinde nicht nützen können. Hier darf jeder Wahlberechtigte alles klar sehen, ohne zum Defaitisten zu werden.

Nachdem ich das angeblich beste Strip-Programm der Welt gesehen habe, bin ich fest entschlossen, mir alle anderen zu schenken. Das ergibt einen beachtlichen Geldbetrag, den ich in Beaujolais und *menus gastronomiques* anzulegen gedenke, was ja auch unter den Sammelbegriff «Fleischeslust» fällt.

Inhalt

rororo

MANFRED SCHMIDT

Mit Frau Meier in die Wüste

Eine Auswahl verschmidtster Reportagen
Mit 32 Illustrationen des Autors

Der bekannte Zeichner, Feuilletonist und «Sachbearbeiter für groben Unfug» lädt hier zu einer Rundfahrt durch moderne Touristenzentren ein. Ob Salzburger Festspiele, Londoner Klubleben, Paris bei Nacht, FKK in Kampen, ob (mit Frau Meier) die Wüste – der Leser kann sicher sein, die Reiseziele Manfred Schmidts verspricht so vergnüglich kein anderer Reiseführer.

rororo Band 907

Frau Meier reist weiter

Eine neue Auswahl verschmidtster Reportagen
Mit 37 Illustrationen des Autors

Der Leser kann gewiß sein, daß er hier wieder eine Vergnügungsreise antritt. Für Manfred Schmidt ist es mehr ein Jagdausflug: Was er an Beute sucht und findet, sind die liebenswerten und komischen Schwächen seiner Mitmenschen, mögen sie von Delphi oder Monte Carlo, von Paris oder dem Strand des Schwarzen Meeres Besitz ergreifen.

rororo Band 1081

422/9